恶战杀人鲸

[美]威勒德·普赖斯 著

杨伟娴 译

北京出版集团
北京少年儿童出版社

著作权登记号
图字：01-2010-1122
WHALE ADVENTURE by WILLARD PRICE
Copyright © WILLARD PRICE, 1960
Willard Price, the Willard Price Logo and Hal and Roger are trade marks of Willard Price Literary Management Ltd, used under licence by Beijing Juvenile & Children's Publishing House Co., Ltd.
This edition arranged with Willard Price Literary Management Ltd through Big Apple Agency, Labuan, Malaysia
Simplified Chinese edition copyright @ 2023 Beijing Juvenile & Children's Publishing House Co., Ltd
All rights reserved.

图书在版编目（CIP）数据

恶战杀人鲸／（美）威勒德·普赖斯著；杨伟娴译. — 2版. — 北京：北京少年儿童出版社，2023.8（2025.7重印）
　（哈尔罗杰历险记）
　书名原文：WHALE ADVENTURE
　ISBN 978-7-5301-6545-4

Ⅰ.①恶… Ⅱ.①威…②杨… Ⅲ.①儿童小说—长篇小说—美国—现代 Ⅳ.①I712.84

中国版本图书馆 CIP 数据核字（2022）第 258040 号

哈尔罗杰历险记
恶战杀人鲸
EZHAN SHARENJING
〔美〕威勒德·普赖斯　著
杨伟娴　译

*

北京出版集团
北京少年儿童出版社　出版
（北京北三环中路6号）
邮政编码：100120

网　址：www.bph.com.cn
北京少年儿童出版社发行
新　华　书　店　经　销
三河市天润建兴印务有限公司印刷

*

880毫米×1230毫米　32开本　6.125印张　150千字
2012年1月第1版　2023年8月第2版　2025年7月第3次印刷
ISBN 978-7-5301-6545-4
定价：28.00元
如有印装质量问题，由本社负责调换
质量监督电话：010-58572171

序　言

我们的脑袋是圆的，像个地球仪。而且每个人的脑袋里，可能会想到地球，它的体积有多大？年龄有多大？有哪些有趣的人和事？但对任何人来说，地球都是一个庞然大物，即使倾其一生，也不可能把它跑遍了。怎么办呢？有一个捷径，即看书，这叫作"秀才不出门，便知天下事"。如果你想了解地球上都有些什么新鲜事，特别是大自然中的新鲜事，我建议你看一看"哈尔罗杰历险记"。

威勒德·普赖斯先生出生于1883年，他是个幸运的人，一生中跑了77个国家和地区，包括我们中国，遇到过许多新鲜的人和新鲜的事。他又是一个愿意奉献、不甘寂寞的人，不想把自己的知识和见闻都烂在肚子里，于是便动笔写了一套书，献给全世界的孩子们。于是，在70多年前，就诞生了哈尔·亨特和罗杰·亨特两兄弟的角色。

哈尔和罗杰是约翰·亨特的儿子。约翰·亨特是动物博物学家，几乎跑遍了全球去了解和收集各种各样的珍奇动物。哈尔和罗杰不仅继承了老亨特的基因，而且也继承了爸爸的事业和兴趣。在老亨特的鼓励和安排下，哈尔和罗杰走南闯北，历尽危险和艰辛，从亚马孙丛林到南太平洋小岛，从非洲大陆到格陵兰冰原，从世界上第二大岛新几内亚到地球上最高的山系喜马拉雅山，从正在爆发的火山口到危机四伏的海底世界，足迹延伸到世界各地的各个角落。他们冒着生命危险，勇敢地追逐丛林巨蟒，制服热带巨蜥，巧捕非洲白象，激战北极之王北极熊，深入海底猎奇，大战庞然大物杀人鲸，不仅与凶猛的动物较量，还得与贪婪的人类争斗，常常是弹尽粮绝，走投无路，只能依靠自己的智慧和勇气，才能置之死地而后生。当然，不可能所有的人都像哈尔和罗杰那样，有机会到世界各地去旅游、探险。正因如此，所有关心地球和热爱自然的人，不妨都抽空看看"哈尔罗杰历险记"这套书，希望你能进入角色，设身处地，感同身受，与哈尔和罗杰一起，深入广袤无垠的大自然去畅游、搏击，追随那些曲折的情节，体验无数惊险的场面，肯定会使你深感刺激。而且，书中丰富的知识和简练的语言，也会令人受益匪浅，回味无穷。

最后，还要加上几句，就是关于亨特一家的事业。他们到世界各地去猎取和收集各种各样的珍奇动物，送到动物园和博物馆。一方面固然为人们休闲娱乐、观赏和了解地球上的各种动物做出了贡献，但是另一方面，他们也伤害了许多动物，伤害了大自然……

与70年前相比，人类现在更注重生态保护，对大自然和动物界的了解，都要客观而且深入得多了。但也产生了另外一种值得注意的倾向，就是一厢情愿地去和动物亲近，以至于有人和自己的爱犬亲吻，结果被咬掉了嘴唇。我们说，动物是我们的朋友，是指我们和动物同是生命世界之一员。但这并不意味着，我们就可以和北极熊拥抱，可以跟老虎接吻。动物就是动物，人就是人，即使地球上最最温和友好、亲切好奇的南极企鹅，当我想去摸它的脑袋时，它也会奋起反抗，摆出一副决一死战的架势。因此，我认为，人类和动物朋友的交往，应该是"君子之交淡如水"，最好的做法就是不要去干扰它们，当然更不能去伤害它们。

位 梦 华

中国最先登上南极大陆的科学家之一
中国作家协会会员、中国科普作家协会会员
享受政府特殊津贴、有突出贡献的科学家

目录

1 长着10对翅膀的鸟　　　　　1

2 捕鲸船上两"绅士"　　　　　8

3 格林德尔船长的恶作剧　　　15

4 第一条鲸　　　　　　　　　27

5 险舟飞鲸　　　　　　　　　31

6 落水的人　　　　　　　　　36

7 抹香鲸之死　　　　　　　　41

8 海狼　　　　　　　　　　　46

9 恶战杀人鲸　　　　　　　　53

10 猫九尾鞭　　　　　　　　　60

11 抹香鲸一家　　　　　　　　67

12 巨型胡桃夹子　　　　　　　71

13 狂奔	79
14 孤独	85
15 学会骑鲸	88
16 得救	94
17 雾中幽灵	101
18 格林德尔洗鲸脂澡	108
19 握手言和	114
20 灰鲭鲨	118
21 暴动	123
22 船长几乎逃之夭夭	129
23 一条鲸能把船弄沉吗	139
24 "杀人鲸号"沉没	146
25 漂泊	156
26 一只叫作比尔的信天翁	160

27 飞来的信使	**165**
28 轻松的捕鲸法	**171**
29 奇妙的加工船	**174**
30 非洲在召唤	**183**

1

长着10对翅膀的鸟

在檀香山港所有的山丘上,人们正朝海面张望。港口沿岸的码头挤满了围观的人群。

他们都注视着同一个方向。轮船、游艇、货轮、拖船,还有头顶上的直升机,正在起飞的往旧金山去的飞机,他们都不在意。

这些东西,不管哪一天他们都能看到。

他们正在看的东西仿佛来自另一个世界。那是一艘一个世纪前很常见的载人或捕鲸的船只。

这艘船没有烟囱,不冒黑烟也不发出嘎嘎的机器摩擦或轰隆声。船上的3根桅杆高高地耸立着,足有30多米。桅杆上挂着20面硕大的帆,它们静静地悬在阳光灿烂的天空中,活像一只正要展翅飞翔的巨鸟。

"真好看!"有人说。

"这样的'古代美人'还能保留下来,真没想到。"另一个人说。

"'美人'?我的老天,"一个水手模样的人说,"等你了解到了那上头的人的命运,你就不再会觉得它美了。"

"但愿不至于那么糟糕,"又一个人的声音插进来,"因为我们正打算乘那艘船航行呢。"

"我为你们感到遗憾。"水手抬头看着那位刚来的人说。他看见了哈尔·亨特。哈尔19岁了，看上去已经是一个体魄健壮的小伙子。他开心地笑着，黝黑的脸容光焕发。

"嗯，"水手承认，"看来，你似乎能照顾自己了。不过，我希望这个小家伙不跟你们一道去。"

罗杰恼火了。他刚满14岁，但他竭力摆出一副高大强悍的样子。他正想开口激烈反驳，斯科特先生却插嘴了："我想，我们不会有什么问题的。"说罢，他就和两个孩子一起挤出人群。

水手怀疑地摇摇头。但是，哈尔和罗杰对他们这位老伙伴充满信心。只要跟美国自然历史博物馆的科学家亚瑟·斯科特在一起，一切都会顺顺当当的。

不过，水手的话仍然使他们有点儿不安。

来到码头边，他们踏着梯子登上了一艘等在下头的汽艇，朝那只长着10对翅膀的巨鸟驶去。越驶近巨鸟，他们心里就越不安。那艘船本身并不像它的那些帆那么洁白漂亮，乌黑笨重的船体模样凶险，船上飘出一股刺鼻的鲸油和腐败鲸脂的臭味儿。

船艉上的船名已经清晰可见。船的名字可不怎么漂亮——"杀人鲸"。船籍港是圣赫勒拿①。

"它以杀人鲸命名，"斯科特先生说，"那是所有鲸中最凶恶最危险的一种。"

"圣赫勒拿在什么地方？"

---

① 圣赫勒拿：南大西洋的一个岛屿，1815—1821年，拿破仑曾被囚禁于此。——译者注

1 长着10对翅膀的鸟

"那是远在南大西洋的一个岛屿,一向都是一个捕鲸大港。50年前在那个港口,你一次就能看到成百艘捕鲸船。在北边的海港,捕鲸船更是数以百计。"

"才50年前吗?"哈尔说,"我还以为是许多世纪以前的事呢。"

"不,扬帆捕鲸这行当并不像你想象的那么古老。一直到1907年,新贝德福德还有一支拥有22艘捕鲸船的船队。当然,今天,捕鲸业已经被附设加工厂的大船所垄断。但是,随着对鲸产品的新需求的出现,一些老式帆船又重新投入了使用。这就使我们能有机会看到,过去是如何进行捕鲸的。美国博物馆要求我为该馆的图书馆提供捕鲸作业的完整记录,并把作业过程拍成电影。"

"船长真的已经同意把您给带上吗?"

"同意了。不过,他说他还要再雇两个人手才能动身。他的两名船员走了——他得找人把他们的位置补上。"

"那么,我们就是填补他们位置的人了。"哈尔说。

"一点儿不错。你们从来没有在这种船上干过,不过,他也可能找不到有这种经验的人手。你们曾经驾着自己的船横渡太平洋,打那以后,你们就有了一些航海经验。就算是罗杰,也不会因为太年轻而不中用,他可以当餐厅的侍应生或瞭望员——在帆船上,他有很多事儿可干。"

他抬头看了看"杀人鲸号"那丑陋可怕的船体说:

"唯一的问题是——你们想不想去?我不想勉强你们,也不要你们仓促答复,这完全由你们自己决定。我可以告诉你们,这是一桩苦差事——太苦了,那些习惯于轮船上的轻松工作的水手连碰都不会去碰它。我还可以告诉你们,依我看,船长像是个恶棍,甚至可能是个人面兽心的家伙。这也是他老找不着人手的原因。幸亏你们已经打电报给你们的父亲,征得他的同意,我没办法对你们负责。你们有自主权。等见过船长,参观过整艘船后,你们想不干也还来得及。"

汽艇紧挨着"杀人鲸号"那乌黑的船艉停下来。从这儿朝上看令人头晕目眩。他们抬头看看船舷,一挂绳梯搭过船舷垂下来,绳梯的上头固定在一只翻过来的救生船上头的吊艇架上。

在3根桅杆上面,主桅和前桅上装着横帆,后桅按三桅船的式样装着纵帆。主帆和前帆,中桅帆和上桅帆,最上桅的帆和斜桁纵帆都高挂在桅上,主桅顶端的瞭望台离水面足有33米多。

尽管他们很爱海,而且曾多次读过有关这种船的描述文章,研究过它们的图片,但他们还是第一次亲眼看见这种船。一想到要攀爬那些在蓝天上晃荡的蜘蛛丝般纤细的绳梯横索,他们就不由得害怕得发抖。绳梯横索一直通到轻轻摇晃的桅杆顶,在那儿,一伸手似乎就能摸到天上的云彩。如果现在往上看都会头晕目眩,那么,在风暴中,从那摇摇欲坠的绳网上往下望,又会有什么感觉?在那种时候,绳梯绝不会仅仅轻轻摇晃。

"啊,水手的生活令人陶醉!"罗杰说,但他说话的声调都变了,听上去并不那么有信心。

"好啦,你们过去吧。"斯科特说。

两个孩子从恐惧的迷惘中回过神来,攀着绳梯爬上船去,斯科特跟在后头。他们翻过栏杆,落到甲板上。

1 长着10对翅膀的鸟

船着火了吗?熊熊火焰直往上冒,空中弥漫着白色的蒸汽。人们似乎正在与火焰搏斗。两个孩子凑上前去。现在,他们看清楚了,那只不过是在一堵砖墙里头燃烧的火焰,火上架着巨大的黑锅,每个锅都大得装得下好几个人。水手们正在把一块块肉拖过甲板,扔进锅里。

"他们在熬鲸油,"斯科特先生说,"那些是鲸脂。鲸脂是鲸身体最外头的一层保护层,脂肪很丰富。他们把鲸脂放进锅里,把油熬出来,这就叫提炼鲸油。"

水手们褴褛的衣服上布满斑斑点点的油迹和血污,又没刮胡子,看上去跟凶恶的海盗一模一样。发号施令的是他们当中最凶恶最高大的一个。他看见来人了,就咕咕哝哝地朝他们走过去,脸上的神情就像他要把来人活活扔下水去。他的眼睛大而突出,像巨型玻璃弹球;他那难看的嘴巴不怀好意地朝右歪着,下巴颏儿像海盗船的船头似的向前突出,长满又密又硬的胡子,活像箭猪身上的刺。

"你们要干什么?"他开口粗声粗气地说,刚说完,他就认出了斯科特先生。"这么说,你就是那个搞科学的家伙啦。"很显然,他在竭力装出一副彬彬有礼的样子,"欢迎到船上来。要搭我的船,你准备好船费了吗?"

"准备好了,"斯科特先生说着,从胸前的衣兜里掏出一大卷钞票来,"我相信,这够付你要的3个星期的船费了吧。"

"要这么多钱呀,"哈尔大叫起来,"就搭这么一艘船?"但他马上就意识到,他不该开口。不管怎么说,这事儿与他没关系。

船长瞪着他:"这个乳臭未干的家伙是什么人?走船得多少

花销,他懂些什么?带上一个碍手碍脚的搞科学的家伙又会给我们添多少麻烦?"他把钱往裤兜里一塞,冲哈尔说:"我倒希望你是我的船员,那样,我非用鞭子抽掉你一层皮不可!"

哈尔并不惧怕。他个子长得跟船长一样高,虽说体重可能比不上他,但却跟他一样结实健壮。

"那就抽吧,"他笑着说,"因为我想,我马上就要成为你的船员了。"

斯科特先生赶忙息事宁人。

"都是我不好,"他说,"一开头我就该给你们做介绍的。格林德尔船长,这是哈尔·亨特和他的弟弟罗杰。你不是还缺两个人吗——也许,他们肯签约受雇。他们有一点儿航海经验。当然,对于你这种船他们懂得不多。"

"没有人懂!"船长咆哮着说。

"不过,他们很快就能学会的,跟你所能雇到的任何人一样。他们吃得惯苦。他们的父亲是一位著名的动物博物学家,他有时会为动物园和马戏团搜集动物。他曾多次派他的孩子去不同的地方搜集各种各样的野生动物,也曾派他们去进行科学考察,目的是让他们对我们生活着的这个世界有所认知。在你的船上,他们将会学到很多东西。"

"他们会的,"船长怒冲冲地表示同意,"我会让他们学到一些他们一辈子也忘不了的东西。可我还不知道,该怎样接待一对'绅士'。"

他啐了一口,说出"绅士"两个字。

"他们可能想要特殊照顾吧,"他又说,"我敢说,他们不会得到的。他们得跟其他水手一样睡在水手舱里,给他们什么就得吃什么。他们得手脚麻利,竖桅杆时手脚要快,否则,就得吃苦头,哪怕他们的老子是暹罗国王,我也不在乎。"

"别担心,"哈尔说,"我们的父亲不是暹罗国王,我们也不是什么'绅士'。我们不需要特殊照顾。"

"看来,干这一行,你们还不算太嫩,"船长咕哝着说,"把手给我看看。"

伸出去让他检查的两双手全都又粗又硬。船长感到意外,但却不肯流露出来。

"奶油似的,软绵绵的,"他挖苦地说,"在这条船上干上不到一天,你们的手掌就要磨出李子大的泡来。好吧,谁让我雇不上我想要的呢,只好逮着什么要什么了。下来签约吧。"

2

捕鲸船上两"绅士"

格林德尔船长噔噔噔地走下舷梯到他房里去了。哈尔和罗杰正要跟着去,斯科特先生拦住了他们。

"我越来越不喜欢这家伙,"斯科特低声说,"我不得不跟他一道去——但你们却不一定。很抱歉,把你们给牵扯了进来。我说,趁现在还来得及,你们赶紧打退堂鼓吧。"

哈尔看着罗杰。他想,不管将要面临什么,他都受得了。但对他弟弟来说,这可能就比较难了。

"就看这孩子了。"哈尔说。

想到他们最终可能会错过这样一次乘三桅帆船捕鲸的伟大探险,罗杰的心已经一直沉到了脚底。现在,他忽然高兴起来。

"如果完全由我决定,"他说,"咱们就走吧。"说着,他抢先一步走下舷梯。

文件就放在船长室的桌子上,哈尔开始仔细地审阅。

"得啦,得啦,"格林德尔船长不耐烦地说,"你以为我有空等你把那些印得那么小的字逐个读完吗?签个字就得了,哪儿来那么多啰唆事。我给你三百分之一成。"

哈尔知道这套利润分成的规矩。捕鲸人一般是不拿薪水的。出海捕鲸一次,每个捕鲸人就从那次捕鲸所赚的利润里头分得一份。这样一份利润就叫作"一成"。哈尔的三百分之一成就是,

2 捕鲸船上两"绅士"

假如他们这次出海捕鲸收获 300 加仑鲸油,那么,哈尔所得的报酬就是卖出一加仑鲸油所得的钱。这样的一份当然很少。

"那我弟弟呢?"哈尔问。

船长气得两眼冒火:"别指望我会给小家伙工钱!他只能当个学徒。除了给口饭吃、给个铺位以外,他什么也别想得到——就这样,还便宜了他了。"

对于罗杰来说,这似乎不公平。但他忍住了,没有开口,他参加这次航行的目的毕竟只是为了积累经验,而不是为了钱。他最不高兴的还是被人叫作小家伙。他不是已经足足 14 岁了吗?因为个子高大,有些人还常常以为他已经十五六岁了呢。这船长真是门缝里看人!罗杰心里痒痒的,渴望有机会叫这位船长看看,他可不是什么小家伙。

签好约后,船长带斯科特先生去看他的房间。那是船长室隔壁的一间小房间。"其实,这是大副的房间,"他说,"不过,既然这次出海我没有大副,你就住里头吧。"

他回头盼咐两个孩子说:"到上头去找二副德金斯先生。他会告诉你们在这条船上作为水手该如何生活,如何干活。当心,你们可得快着点儿学,这次出海统共才 3 个星期,要是你们花 3 个星期才把该干的活儿弄清楚,我雇你们顶屁用!今天下午就把你们的行李搬上船来。天亮前开船。"

"谢谢。"哈尔说完就往门外走。

"等一等,你这家伙,"船长大喝一声,"你需要学会的第一件事就是对一位高级船员说话要称他作'阁下'。"

"谢谢,阁下。"说完,哈尔就走上了甲板,罗杰跟在他

9

后面。

德金斯先生正等着他们。他外貌粗犷,跟砂石一样,但脸上却挂着微笑。

"带新手去看那些绳索通常总是我的事儿,"他说,"我想,你们可能愿意先看看你们的床铺吧。"

他把他们带到前面,从舱口下去,走进水手舱。

水手舱没有舷窗,里面很黑。只有两盏噼啪作响的鲸油灯射出幽暗的光,冒着浓烟,散发出浓烈的令人恶心的气味儿。

舱里还有各种各样的其他气味,气味筑成的墙,气味汇成的海浪。气味浓重得仿佛凝固了,只有手斧和刀子才能把它穿透。挂在衣帽钩上的衣服散发出死鲸的恶臭。除了半开的舱口以外,水手舱就再也没有通风的地方,天气不好的时候,舱盖是关着的。发霉的破衣烂衫,长毛的靴子,不洗澡的身子和腐烂的食物,所有这些气味全都闷在舱里,高温使它们更加令人窒息。

"你们就凑合着睡这儿吧。"二副指着一上一下两个铺位说。

哈尔仔细看了看两个铺位。单薄的垫子铺在木板上,垫子里头没装弹簧,床上没有被褥也没有枕头。

"毛毯呢?"哈尔问。

"毛毯!我的天,这儿可是热带地区。有'驴子早餐'就是你们的运气了。"

罗杰想起船长说过什么"驴子早餐"一类的话。

"什么叫'驴子早餐'?"他问。

"这床垫子呀。"

"干吗管它叫'驴子早餐'呢?"

2 捕鲸船上两"绅士"

"我不知道。我猜那是因为里面塞满了稻草。"

"好可怜的早餐!"哈尔捏着那床垫子说。垫子还不到1寸厚。铺这种垫子睡在硬板床上一定硌得慌。

"这对你们的背部有好处,"二副大笑着说,"不是吗?人家都说,现如今,那些最高级的人物都时兴睡硬板床,大夫们也认为睡硬板床有益健康。当然啦,也只有最高级的东西船长才会中意。"他又大笑一阵,"最高级的铺板,最高级的黑房,还有,最高级的猫九尾鞭。"

哈尔知道,黑房嘛就是禁闭室,猫九尾鞭呢,那准是用九根皮子拧成的鞭子,是用来鞭打那些不守规矩的水手的。

"你说猫九尾鞭,这是在开玩笑吧?"哈尔说,"我想,不会有人再用那玩意儿了。那是法律所不允许的。"

这话使二副感到滑稽。

"法律,"他说着,笑得气都喘不过来,"法律,你说,法律!相信我,在这条船上,制定法律的是船长。"他止住了笑,突然换了一副野兽般凶残的面孔。在那一瞬间,他突然从一个大大咧咧的水手变成一只狂号乱吠的野兽。他抬头朝舱口瞄了一眼,接着,压低嗓子,用沙哑的声音喃喃地说:"你们最好现在就开始了解一点儿情况。"他又说:"反正你们早晚得知道的。为什么老伙计格林德尔找人手这么难?那两个船员为什么要走?他为什么肯雇用你们这样的新手?他得找点儿新'饲料',好喂他的'猫'啊,原因就在这儿。船上几乎人人都挨过那鞭子,连大副也不例外——他就是为了这个才不干的。瞧。"

他一把扯开纽扣,脱下衬衣。他背上青一道紫一道地布满了鞭痕，每道鞭痕都肿起半厘米多高，有些地方已经化脓，溃烂。

"但是，你们为什么要容忍这个？"哈尔问，"你们可以向檀香山警察局举报。你们干吗不一起离开这条船？"

"听着，伙计，你不懂。我们从圣赫勒拿出来一年了。我们不拿薪水——只有分成——分成的钱要等我们回到圣赫勒拿才能付给我们，谁走了，谁就拿不到他应得的一份。每个要走的人，走之前都要考虑再三。现在，你还觉得奇怪吗？不，我们只有两条出路。一是就这样忍下去，直到回到圣赫勒拿为止。"

哈尔等着他说下去，但是，他不说了。哈尔怂恿他：

"那么，另一条出路呢？"

德金斯扫了一眼周围那些空荡荡的床铺。"隔墙有耳，"他说，"你们也长着耳朵，我怎么知道能不能信任你们？另一条出路是什么？发挥你们的想象力吧，那倒不会有什么坏处——但记住，我可什么也没说。"

暴动。这两个字眼清晰地浮现在哈尔的脑海中，清晰鲜明得仿佛这两个字本身正在放开嗓子呐喊。两个孩子曾读过无数的关于在公海举行暴动的故事，现在看来，不是毫无用处。这艘船已经基本具备了暴动的条件。没有大副做后盾，面对全体满怀怨气的船员，船长是孤立的。只要把他除掉，船员们就能把船驶到某个走私犯的窝子，卖掉鲸油和船，把钱给分掉。

在今天，在我们这个时代，可能发生这种事件吗？两个孩子深知，这不但是可能的，而且确实发生过。仅在他们自己跨越南海从旧金山到日本的一次航行中，就发生了好几起暴动事件。

他们知道，太平洋仍然是一片尚未被征服的海域。它的面积

2 捕鲸船上两 "绅士"

比地球上所有陆地加起来还要大，海面上散布着大大小小25000多个岛屿，这些岛有一半还荒无人烟。

太平洋既是恶棍的乐园，也是正直人的天堂。它的大片大片海域，警察和法庭都鞭长莫及，坏蛋们可以为所欲为，好人也可以伸张正义。想销声匿迹的人可以在它那无边无垠的海域里藏起来，比躲在非洲那些密密的莽林中还要保险。

哈尔估计，这次航行最后可能不会像他们原先想的那样，仅仅是一次探险。

"好啦，我带你们到甲板上去看看吧。"二副说。他们爬上甲板。从闷热恶臭的水手舱里出来，甲板上清爽新鲜的空气对他们来说仿佛是一服滋补剂。

"你们得熟悉船上每一样东西的名称，"二副说，"这样，当人家吩咐你们操纵收帆索时，你们才不至于抓起升帆索呀什么的。嗯，你们先认识那3根桅杆——前桅，主桅，还有后桅。那些挂着帆的水平桅杆是帆桁。把那些帆卷起来就叫收帆，那些用来把帆固定的细绳就叫束帆索……"

这艘船是帆船当中最复杂的一种。二副继续把那些复杂的索具指给他们看，并一一做介绍——帆桁吊索，横帆，纵帆的后下角，帆腹，转帆索，下前角索，调节帆位角的绳索，侧支索，桅支索的横稳索，桅顶上瞭望用的笼子，桅楼横木，脚索，浮标索，操舵索，系索栓，系锚杆，前支索，后支索，桁条，斜桁，吊艇架，等等。20面不同的帆，每面都有它们特定的名称。

二副一边介绍一边不断笑嘻嘻地狡黠地瞄着他们，他们使他开心，他以为他所说的他们都不懂。最后，他说："够啦，我敢打赌,我说的你们没准儿连一半都记不住。这面帆叫什么?"

"后帆纵向帆。"两个孩子异口同声地说。

"那么,那一面呢?"

"斜桁顶帆。"

"船艏斜桁撑杆和船艏斜桁侧杆有什么不同。"

……

回答完全正确。

他继续考问。孩子们答错了几个地方,但幸亏他们对航海有着强烈的爱好,幸亏他们有驾驶纵帆船的经验,也幸亏他们读过许多书,他们答问的错误率极低。

"不错,"德金斯不得不承认,说完,大概因为怕两个孩子太得意,他又说,"不过,说得出它们的名字是一回事,能不能操纵它们,又是另一回事。在风暴中,你们得在离甲板30多米高的地方拼命收帆,到那时候,咱们再看吧——还有,等你们划着那些小船,用索具拖着鲸,鲸只要一摆尾巴就会把你们的小船砸得粉碎。到那时,你们才知道呢,没本事能当捕鲸人吗?"

3

格林德尔船长的恶作剧

罗杰正在腾云驾雾。

20面白帆正在他脚下迎风招展,就像白云缭绕。

他正在桅顶的瞭望台里,那是主桅顶端上面的一种笼子,又叫桅上守望楼。瞭望台下30多米是甲板,但他看不见,除了脚下那些云朵似的白帆外,他什么也看不见。此刻,他正在天空中飞翔,像鸟儿,又像飞机。白云环绕在他的脚下,头顶上还有更多的真正的白云。

不过,他也不是完全孤独的,还有一个人正与他一起分享这片天空。吉格斯站在前桅顶的瞭望台上,他也是船上的一个船员。他同样也看不见下头的船。但他们上瞭望台去不是为了看船,罗杰和他都是被派到上面去搜寻鲸的。

他们所站的地方相距不到1米,但却隔着一道不可逾越的深沟。他们仿佛被安置在山峰之巅,这山峰被一道深深的山谷隔开了,山谷里云雾弥漫。这云层有1米多厚,人们很容易产生这样的幻觉,以为自己能踩着这云铺的洁白的地面从主桅顶走到前桅顶。但当你一想到这地面是多么地靠不住,它很可能会狡黠地引诱你,让你摔到甲板上,坠入死亡的深渊,你就会头晕目眩,你的手会不由自主地紧紧抓住那座使你心惊胆战的守望楼的栏杆。

当然,头晕目眩的应该是那个笼子——罗杰是绝不肯承认自己会头晕目眩的，笼子在转圈儿呢。海面还算平静，但微微起伏的浪涛已经足以使船懒洋洋地摇晃颠簸。

这样的颠簸对甲板上的人不一定有什么影响，但是，船体只要左右晃动几十厘米，主桅顶就会晃动很多米。就因为这样的晃动，罗杰被颠得晕头转向，心口窝那儿很不舒服。

这是他参加捕鲸的第一天。拂晓时分，"杀人鲸号"就驶出了檀香山。经过格林德尔船长的面试之后，两个孩子和斯科特先生上岸去取了行李。斯科特先生去跟他的同事辛克莱告别。因为船长坚持说，有一个"搞科学的"已经够烦的了，辛克莱没能跟他一块儿乘"杀人鲸号"去考察。哈尔和罗杰也去跟他们在"快乐女士号"纵帆船上的朋友们告别，他们曾乘坐这艘纵帆船在太平洋作远洋航行。纵帆船仍然由美国自然历史博物馆租赁，艾克船长和那个波利尼西亚男孩奥默将料理这艘船，直到三个星期以后，"杀人鲸号"返航为止。

上船后的第一个晚上过得并不怎么愉快。第一件使他们吃惊的事发生在吃饭的时候。船上没有饭厅，事实上连张饭桌也没有。船员们排着队从"盖莉"（就是船上的厨房）的墙壁上的一扇小窗户前走过，厨子从这扇窗户把盘子递出来，盘子里盛着肉、豆子和厚厚的一块硬"塔克"（就是船上的硬饼干）。

取到饭后，你可以找个地方坐下来。当然，椅子是没有的。但你可以坐在水手舱的前面，或者坐到舱口盖上，要不，就干脆坐在甲板上。

你也可以站着吃，这也不坏，因为吃这样一顿饭要不了多长时间。这不是那种值得细细品尝的饭食，你可以把东西匆匆塞进

3 格林德尔船长的恶作剧

口里,不用 5 分钟,肉呀、豆子呀,硬"塔克"呀,就全落到你的肚子里了。

说到硬"塔克",这名字起得可真好。它实在是硬,哪怕是最厉害的牙齿也休想在上面咬出齿印。船员们大都把他们的饼干扔进水里,或者用来打那些围着船转的海鸥和海燕。

盘子吃空了,两个孩子正要把它们送回厨房去,一位水手提醒他们说:"先把它们洗干净。"

"哪儿有水?"

"啊呀,水!"那位水手叫起来,"你们把这里当成什么地方,豪华游艇吗?有水给你们喝就万幸了——要水洗东西是不可能的。"

他从口袋里拽出一团棉纱绳。棉纱乱七八糟的,但却柔软得几乎像脱脂棉一样。他用棉纱擦了擦他自己的盘子,把那团黏糊糊的东西扔进海里。然后,他给孩子们一点儿棉纱,孩子们也学他那样把盘子擦了一遍,这才送回厨房那扇小窗口去。

"很快你们就会熟悉这儿的规矩的,"给他们棉纱的那位水手说,"我叫吉姆逊。有什么为难的事儿,我兴许能给你们帮点儿忙。"

"非常感谢,"哈尔说完也为自己和弟弟做了介绍,"可我不大明白。我们现在还在海港内——船上肯定还有很多淡水。"

"有是有,"吉姆逊说,"但是,当你驾驶着这样一艘船离港时,你永远都无法预料,得多长时间你才能返回海港。你几乎只能听凭风和气候的摆布。你当然想在底舱里摆满一罐罐淡水,可是,这样一来,鲸油又该放在什么地方呢?相信我,在咱们的船长眼里,鲸油可比水重要多了。鲸油就是钱,而水只意味着生命。如果

17

要船长做出抉择,我敢肯定,他一定宁可让我们当中的一些人渴得发狂,胡言乱语,也不肯只装上一点儿鲸油就灰溜溜地返航。"

"可你总得用水洗衣服呀!"哈尔说。

"对——不过,不用淡水。过来,我指给你们看。那就是我们的晾衣绳,"他指着一只桶旁边的一卷绳子说,"每次开船之前,我们都把我们的脏衣服泡在那只桶里——桶里头装的是一种弱酸溶液——衣服浸透后,我们就把它们紧紧地系在那根绳子的一端扔到水里。我们的船拖着那捆衣服在海里走两三天,等再把它们拉上来时,你瞧着吧,我敢打赌,衣服洗得就跟那些花样翻新的什么洗衣机一样干净。当然啦,衣服上也许会有几个洞,那是鲨鱼咬的。"

"鲨鱼扯散过那捆衣服吗?"

"没有,它们只是尝一尝就松口了。通常的情况就是那样。但是,两个月前,有条傻瓜鲨鱼却把一整捆衣服吞下去了。那很可能是因为衣服上有血,鲨鱼还以为那是可以吃的东西呢。那条鲨鱼发现自己被卡住逃不掉时,准感到非常吃惊。没人知道它被拖在船后多长时间,后来,有人发现它在水里挣扎,把它拖到船上来。剖开它的肚皮一看,我们那捆衣服就在里面。我们只好把那捆衣服扔进海水里再泡两三天,去掉鲨鱼的腥气。"

那天晚上,两个孩子几乎整晚睡不着。硬板床硌得慌,怎么睡都不舒服,同时,新的环境以及即将开始的航行又使他们过于兴奋。

舱里大约还有20个人。有些人竭力要睡着,另一些人则坐在床边抽烟聊天。他们的烟卷儿和烟斗冒出的烟雾,鲸油灯难闻的浓烟、血腥味,鲸脂和船底污水的恶臭——这一切,再加上热

3 格林德尔船长的恶作剧

气,使人连气都透不过来。清晨4点,二副从舱口那儿朝下大吼:

"全体上甲板!"这时,兄弟俩丝毫也不感到遗憾。

在灰蒙蒙的晨曦中,"杀人鲸号"从檀香山起航。船的右方是珍珠港。第二次世界大战当中,日本参战时,那儿就是死亡,是一片瓦砾残垣。仿佛为了抵消这一地方带来的可怕回忆,船的左方是世界最美丽最欢乐的旅游点之一——怀基基海滩和陡峭的代尔蒙德峭崖。初升的太阳给峭壁冠上粉红的光环。

罗杰正靠在船栏上欣赏着这美丽的海景,突然被重重地踢了一脚,几乎整个人从甲板上蹦起来。罗杰气疯了,他捏紧拳头转过身来,准备大打一架。格林德尔船长的那双鼓眼睛正自上而下怒冲冲地瞪着他。

"我的这艘船上不允许有人游手好闲。"船长咆哮道。

"对不起,阁下,我正在等待命令。"

"要是你的手脚不勤快点儿,那就脱掉裤子等待命令吧。"

他狡黠地狞笑着四处张望。

"我来给你找点活儿干。"他往甲板上扫了一眼,想找件足以为难这孩子的活儿,一件足以耗尽一个小男孩的体力和勇气的活儿。最后,他的目光落在那摇晃不定的桅杆顶上。

罗杰希望不要把他往桅杆上头派,至少,现在不要。换一个日子,他一定会很乐意上去,但现在,因为失眠以及早餐那些倒胃口的几乎变质的肉,他觉得有点儿头晕。看来,船长猜透了孩子心中的不安。

"那正是你该去的地方,"他狂笑着说,"到瞭望台上去,快!吉格斯已经上前桅顶上去了,你就爬上主桅杆吧。一直爬到最高的地方。叫你到上头,可不是让你去看风景。你得留神瞅着看有没有鲸,一看见水柱就得大声喊。让我瞧瞧,你的眼睛有多尖。你要能在吉格斯之前找到鲸,我就让你下来。要是找不到,就得待在那上头,一直待到找到鲸为止,哪怕在上头待上一个星期,这我可不管。在船上,你这样的乳臭未干的小家伙完全是废物。上去吧,上你的摇篮那儿去吧,把你摇晕我才高兴呢。"

船长话音未落,罗杰已经在通往第一平台的横稳索上爬了一半。绳梯不停地摇晃,他从来也没爬过这么不牢靠的东西。他希望能快点儿爬到那个牢靠安全的第一平台,或者,像水手们通常所叫的"桅楼"。

他正要穿过平台的入口,下面有人突然一声大吼。

"别从桅斗入孔口走,"船长吼道,"我这条船可不用笨手笨脚的傻大个儿。从桅楼侧支索那儿过去。"

也许,他在力图把那孩子弄糊涂。但罗杰知道,刚才,他要穿过的那个洞就叫作桅斗入孔口。他也知道,桅楼侧支索就是那些一头固定在桅杆上,另一头连着平台外边沿的那些铁杆。要爬这些侧支索,他必须离开绳梯,猴子似的灵巧地两腿悬空,两手替换着,一把一把地往上爬。

往上爬了一半,船突然朝一边倾斜,罗杰一把没抓住支索,整个身体就凭一只手悬在空中,活像老祖父时代老式挂钟的钟摆。

下面传来一阵狂笑,船长开心极了。甲板上已经聚集了好些个船员,但他们没跟船长一块儿笑。哈尔准备爬上绳梯去救弟弟,船长恶狠狠地制止了他。

帆船每向右舷侧一次,罗杰就正好荡到那排炼鲸油锅的上方,

3 格林德尔船长的恶作剧

鲸脂正在锅里沸腾。万一他掉进一口刚烧开的大锅,这场寻开心的恶作剧就会变成悲剧。不过,即使这样,这在格林德尔船长那颗邪恶的脑瓜里头,却仍然是一出喜剧。他望望那排炼鲸油的大锅,又望望那个悬在空中,一会儿荡到大锅上方,一会儿又荡开去的身体,咧着大嘴狞笑着,下巴和脸颊上那些箭猪刺似的硬胡须楂儿全都像矛尖似的竖起来。袅袅上升的蒸汽像毒蛇似的缠绕着那个悬在空中的身体。哈尔挤到油锅跟前。要是弟弟真掉下来,他也许可以把弟弟接住,或者,至少可以使劲儿把弟弟从沸腾的油锅上及时推开,使弟弟免于一死。

　　船又向左倾斜,把罗杰荡向支索,这一下,罗杰可以用双手和双脚抱住支索了。船员们如释重负,大大松了一口气,但船长却失望了,他哼了一声。罗杰全身颤抖,紧紧抱着支索,过了好一会儿,才开始慢慢地、一寸一寸地沿着桅楼边沿往上挪。最后,他终于瘫倒在那个平台上。

　　船员们发出欢呼,但这欢呼马上就被格林德尔船长粗声粗气地打断。

　　"你们这帮浑蛋!这是打瞌睡的时候吗?我来给你们清醒清醒。"

　　他抓起一个套索桩,用尽全身的力气向桅楼底掷去,套索桩砸着桅楼底,发出很响的声音。

　　罗杰挣扎着站起来,一只胳膊抱着桅杆,摇摇晃晃,头晕目眩。

　　套索桩的响声惊动了斯科特先生,他走出屋到甲板上来,冲哈尔问:

3 格林德尔船长的恶作剧

"怎么回事儿?"

"没什么,一个大恶霸在寻开心,"哈尔讥讽地说,"格林德尔船长命令罗杰上瞭望台去,却不让他从桅斗入孔口那儿过。这畜生,他就想看着罗杰掉进炼鲸油锅里烫熟,那样,他心里就舒坦了。"

船长骂骂咧咧地又抓起一个套索桩朝上扔。他瞄得很准。沉重的木棒飞过桅斗入孔口打中了罗杰的胳膊肘。

哈尔和斯科特先生赶紧挤过去,他们决心要制伏船长。船员们给他们让出一条路来。他们早就盼着有人肯出头向这个暴君挑战了。

船长眼里闪着恶毒的快意,看着这两个人朝他走来。他的手正朝臀部伸,左轮手枪就在屁股后面的枪套里。

就在这时,那位叫吉姆逊的水手拦住了他们。哈尔和斯科特先生感到吉姆逊的那双水手的大手正紧紧地拽住他们。

"停下来,笨蛋!"吉姆逊用压低了的钝锉似的声音说,"你们会送命的。这样干反而会害了那孩子。快了,时机快到了,但现在还不是时候。"

看到自己不再会受到攻击,格林德尔船长放声大笑。

"怎么啦,先生们?"他挖苦道,"你们怎么不过来呀?我这儿正等着呢,正要热烈欢迎你们呢。过来呀,先生们——来杯茶怎么样?"他用两根手指托着左轮枪转动着,"喝下午茶吧。要柠檬的还是奶油?我还要给你那个一身奶臭的弟弟送一杯上去。"

他朝空中开了一枪,这一枪虽说没对准罗杰,但却离他很近。这时,罗杰已经重新开始在绳梯上攀爬,子弹擦着他飞过,

23

子弹的呼啸声在他耳边回响。

哈尔和斯科特又挣扎着要朝船长冲去，好几个船员把他们拉住。吉姆逊再次悄声说："时机还没到，快了，可现在还不行。"

"胆小鬼，懦夫！"船长叫道，"这条船上的人除了胆小鬼就是懦夫。你们这么一大帮人竟不敢跟一条汉子斗。来吧，再往前迈一步，快动手呀。"他在人群头上又开了两枪，水手们阴沉着脸离开甲板回水手舱去了。

罗杰已经离开平台，现在正往高处爬，因为那个叫作"桅楼"的平台还不是桅顶，那只不过是桅杆下部的顶点，它的上头，还有1/3的桅杆呢。

在罗杰看来，桅杆似乎没有尽头。他自己仿佛就是那个正在通往另一个世界的豆茎上攀登的杰克[①]。他不能用右臂爬，那根击中他的套索桩虽说没伤着他的骨头，却把他的胳膊肘打得青肿，无论伸直还是弯曲手臂都痛得钻心。

他把受伤的那只手塞进腰间的皮带里，用剩下的左手紧紧抓住绳梯。每往上爬一步，他都得松开手去抓高处的一根横索。在木梯子上，这并不难，但晃个不停的绳梯就像一缕牵拉着的蜘蛛丝，船的下部的每一下摇动都有使他抓不住要抓的那条横索的危险，因为随着船的摇动，那条横索已不在原来的位置上了。

罗杰每次险些失手，格林德尔船长都狂笑不已。这时候，甲板上就只剩下他这个唯一的观众了。再没有什么比看着这个年轻的"绅士"遭殃更能满足船长那种变态的幽默感了。

---

① 此典故出自《杰克与魔豆》。——译者注

3 格林德尔船长的恶作剧

罗杰绝不让他得到那种满足。他绝不能坠落下去,绝不肯半途而废。他一定要登上桅顶的瞭望台。

每次抬头看那瞭望台,他都觉得它似乎离他仍然是那么远。似乎他每往上爬一点儿,就有一只无形的手把瞭望台往上提溜一点。大风夹着"蜘蛛丝"到处乱抽,罗杰得时时停下来紧紧贴在那根救命的绳子上。

他终于爬上了瞭望台。当他抓住那只用螺栓牢牢地固定在桅杆上的铁箍时,他觉得自己仿佛回到了坚实可靠的大地上。的确,整个笼子都正在空中转圈儿,令人头晕目眩,但与那挂绳梯相比,这就算是坚实的大地了。

他往下瞧瞧那位失望的船长,翻飞的白帆几乎把他完全遮没。格林德尔船长挥着拳头,好像罗杰终于平安到达瞭望台是为了故意气他似的。

"记住,"船长嚷道,"找不到鲸你就得给我待在那儿!"

这当然不公平。发现鲸喷出的那股水柱并不那么容易,得有经验,而吉格斯就有经验,很有经验。

刚开始干的人常常会把波浪溅起的泡沫当成是鲸喷出的水柱。以后,他会逐渐搞清这两者的区别。浪峰上的水花是不规则的,而且很快就会变得无力。鲸喷出的水柱却像高压水龙头喷出的。

不过,那水柱看起来还不十分像水,事实上也不是水。19世纪的捕鲸者们以为,鲸喷出的是它在水底下用口吸进的水。

现在我们已经知道,那根白色的柱子是水雾,而不是水。是那深海巨怪喷出的水雾。它常常在海底一待就是半小时甚至更长，在这段时间里，它的肺内存着空气。浮出水面后，空气被巨大的力量排出来。在鲸温暖的体内存了那么长时间，空气的温度已上升到跟鲸或人类的体温一样，大约是 37 摄氏度。空气中充满了小水珠，因为它是从鲸温暖的身体里喷出来的。

鲸喷出的温暖潮湿的气体凝结以后形成一种雾，就像人在严寒的冬天的早晨哈出来的气一样。所以，鲸喷出的水柱不过是一根高达几米，甚至十几米的壮观的雾柱。从捕鲸船的瞭望台或守望楼可以看见远在 11 千米以外的这种雾柱。

水柱是从鲸的鼻子喷出来的，而鲸的鼻子长在它的头顶上。罗杰紧紧抓住栏杆朝海面瞭望，心里拼命地回忆斯科特先生给他讲过的有关鲸的知识。斯科特先生对于鲸以及鲸的习性已经进行了多年的科学研究。

"如果你当真要搜索鲸，"他曾经对罗杰说，"你就得一直留意寻找一种白色的'棕榈树'。鲸喷出的水雾柱看上去就是那个样子。它呈柱状上升，然后在顶部像树权似的散开。这种雾柱不是直上直下的，它有点儿倾斜。看见这种水柱，你就能分辨鲸正往哪个方向游动，因为这根水柱总是朝鲸前进的方向倾斜。"

"所有鲸喷出的水柱都是一样的吗？"罗杰曾经问过他。

"不，棕榈树状的水柱是抹香鲸喷出的。抹香鲸的鼻子只有一个鼻孔，所以，它所喷出的雾柱树只有一根树干。如果发现两根树干，你看到的就很可能是一条长须鲸。长须鲸长着两个鼻孔，雾柱喷出来后就在顶部分叉，形成两个分支落下，像柳树的枝条一样。这棵双干柳树笔直地朝上冲，而不向前倾斜。"

4

第一条鲸

罗杰正在观察海面,搜索那种"单树干白棕榈"或者"双树干柳树"。

他知道,找到"棕榈树"的可能性比找到"柳树"的可能性大。在遥远的、冰雪覆盖的南极海域,很容易捕获双鼻孔鲸。但抹香鲸是一种热带动物,它们喜欢赤道附近的温暖海域。

过去的捕鲸船曾在赤道一带毫不留情地捕杀抹香鲸,使这种鲸变得很稀少。如今,经过半个世纪的停捕,抹香鲸在夏威夷和塔希提岛之间的温暖水域里又多起来了。

人们已经发现,这种巨型动物的身体浑身是宝。海洋里的所有宝藏的价值没有一样能与抹香鲸相比。而现在,能否发掘出这样一笔财宝,就全看罗杰了,这重大的责任使罗杰非常激动。

当然,吉格斯很可能先发现鲸。但刚才罗杰注意到吉格斯没有朝海面瞭望,他在看罗杰。这会儿,他正在那边的瞭望台上喊罗杰:

"船长刚才是欺负你。"

"他老这么卑鄙吗?"

"你看到的还不到一半呢。我所能给你的忠告是,牢牢盯着海面,搜索鲸。"

罗杰一直在搜索,时间一个钟头又一个钟头地过去了。在他看来，这实在是一种毫无希望的工作！你没办法一眼看到所有方向。当你正盯着一个方向瞭望时，鲸很可能正在你的背后把雾柱朝天空直喷上去。他像雷达天线那样旋转着，试图每 10 秒钟就把整个海面搜索一遍。他本人的旋转，再加上他的那个高空吊笼的转动，使他的上腹部翻腾得更厉害。他的眼睛开始感到疲倦，眼前模糊不清。他闭上眼睛，可眼前仍然是一片跳动的、蔚蓝的波涛。他的神经十分紧张，手臂疼痛难忍。

这一切，对于他是多么艰难，但吉格斯看上去却轻松自如。这位水手有着长期的实践经验。他只需每隔几秒钟朝四周的海面瞄一眼就行了。

他同情地看着罗杰，想起自己刚开始在捕鲸船上当徒弟的种种苦处。他听到了船长的恫吓——如果找不到鲸，罗杰就得待在瞭望台上直到找到鲸为止。

他们已经搜索了 3 个小时了。吉格斯在他的一次扫视当中终于发现，一根白色的雾柱在船艄右舷方向的海面上升起。

他正要大喊，忽然想到了罗杰。那孩子没看见那根雾柱。他正朝完全相反的方向瞭望，但他正在转动身体，很快就会面对着那条鲸了。

吉格斯仍然可以先喊出声来，瞭望哨之间的竞争常常是很激烈。吉格斯没有输给别的瞭望哨的习惯，只要有办法，他绝不让别人把他打败。可眼下，对这位生手的同情使他忍着没作声。

鲸又喷射出雾柱。它现在离船只有 3 千米多远，甲板上的人都可能看得见。要是真有人看见了，两个瞭望哨可就丢脸了，他们甚至还可能要挨一顿鞭子。

4 第一条鲸

吉格斯本来可以告诉罗杰该往哪儿看,但他没有,因为他已经看出来,这孩子是多么勇敢,他相信,如果罗杰知道,鲸是他先看到的,他绝不肯先喊发现鲸。不,还是让这孩子自己发现这条鲸吧。

这会儿,罗杰正面对正前方,他的眼睛转向右舷,正好朝着那条鲸的方向呢,但是,那鬼鲸偏偏挑这个时候来闹别扭,它钻进浪涛里,不喷水花。罗杰凝视着右舷稍远的地方。吉格斯不得不放弃他那慷慨的计划。鲸再次喷出白棕榈状的雾柱时,他要张口大叫:"那儿,它喷了!"

他终于没喊出来。罗杰虽然没有正对鲸,但他已经从眼角瞄到了它喷出的雾柱。

早在几年以前,他就知道,瞭望哨发现鲸时应该喊:"那儿,它喷了!"但现在,他太兴奋了,一时想不起这个词儿。他又蹦又跳地大喊:"鲸!鲸!"

船长从后甲板边跑来边喊:

"什么方向?"

"那边!"罗杰大叫,完全忘记了在他和甲板之间有许多白帆挡着,船长根本无法看到他所指的方向。

"在哪边,你这傻小子?迎风还是背风?"

罗杰竭力使自己头脑清醒。"迎风方向 4 度,阁下。离船约 3.2 千米。"

"什么鲸?"

"抹香鲸。"

格林德尔船长攀着绳梯上来了。发现鲸的时候,船长必须在瞭望台上。一眨眼工夫，船长已经爬到桅顶，站在罗杰身边。

他朝船舷迎风4度的海面望去，什么也没看见。他用冰冷的目光盯住罗杰。

"你要是让我白辛苦一趟爬到这上头来……"

"我肯定看见什么了，阁下。"

可是，他真的能肯定吗？他只不过用眼角瞄到罢了。等他把眼睛转过来正对着它看时，它却不见了。海面上的风变强了，波浪的白色浪峰不时迸出水花。也许，他刚才看到的只不过是这种水花。

船长显然也是这样想的。他盯着右舷方向看了几分钟，突然失去了耐心。

"白浪，你看到的只不过是白浪。我叫你浪费我的时间。"说着，举起他那沉重的拳头，照罗杰的脑袋砸去。

罗杰把头一偏，正好躲过了这一拳，船长的拳头嘭的一声砸在桅杆上。他痛得狂吼一声，瞪着他那正在淌血的指关节。他当然把这一切都归罪于罗杰。他咬牙切齿，骂骂咧咧，正准备让这个新手挨顿鞭子。吉格斯很清楚他打算干什么，于是，放声高喊：

"它——喷了！"

船长和罗杰转身一看，这一次可是千真万确了。罗杰的报告并没有错。雾柱就出现在右舷4度的位置，而且确实是抹香鲸喷出的雾柱。

"全体上甲板！"船长吼道。

二副在下头重复了一遍："全体上甲板！转主帆桁索，固定船位，准备放小船！"

5

险舟飞鲸

捕鲸船立刻变得生机勃勃。水手们急急忙忙地奔向船舷的小船,沉重的高筒水手靴把甲板踏得噔噔作响。二副在大声下命令。船长再次把矛头对准罗杰。

"喂,你在这儿干什么?下去,到小船上去。"

罗杰求之不得,他连忙撇下船长,以他那只带伤的手臂所允许的最快速度爬回甲板上。二副一眼就看见了他。

"是你——我的那条小船正好用得着你。第三桨。"

水手们跳进捕鲸艇,解开缆绳。

"放艇!"

辘绳在滑车轮中猛转,小艇下水了。3条轻巧的杉木捕鲸艇上各有6名水手。他们开始使劲儿划桨,捕鲸艇风驰电掣地朝正在喷水柱的鲸驶去。

"嗨,小伙子们,"二副喊道,"用力,使劲儿划呀!加油哇!"

罗杰发现二副在望着他。他猜得出二副在想什么:"这个生手恐怕不会划桨——他的桨准得跟别人的桨打架。"

看见罗杰会划桨,德金斯这才放心了。小家伙一直在注意尾桨,随时合着尾桨的速度划动。二副不会想到,罗杰正忍受着多大的痛苦。他的右臂被套索桩砸伤了,正在痛苦呻吟。

二副站在船艉操纵舵轮。他看不见鲸,汹涌澎湃的浪涛把鲸喷射的雾柱也给遮没了。但是,他知道船该往哪儿驶。他老朝大船那边看,大船已经把船头转过来对着鲸。

他还知道鲸什么时候浮出水面,什么时候潜入水中。船长正在桅顶上给他打信号。鲸一浮上水面,船长就迅速升起一面旗子;鲸一"沉底",就是说钻进水里,旗子就降下来。

罗杰看见哥哥在另一条小船上。哈尔在拼命划桨,他的船快要赶上来了。但是,德金斯绝不肯轻易认输。

"划呀,小伙子们。把你们那一身牛力气使出来。加把劲儿哟!桨要划得深,拨水要有力。划呀——伙计们,大家合力划呀!怎么回事,小家伙?"

他的最后一句话是对罗杰说的。罗杰这时已经疼痛难忍,再也划不动那支4米多长的白蜡木桨了。

"我的胳膊。"

"怪不得呢,"德金斯说,"那猪猡的手可真狠啊。把你的桨收起来吧。"

罗杰把桨收回船里。他觉得自己像个逃兵。只剩4个桨手划桨,小船越走越慢,另外两条小船很快追过了它。德金斯继续给他的水手鼓劲儿,但却不顶用。罗杰清楚,二副心里该有多么沮丧。正在这时,他看到了搁在艇中横坐板上的桅杆,眼睛一亮。

"我们可以把帆挂起来。"他建议说。

"没用,"二副说,"我们的船顶风顶得太厉害。"

尽管罗杰对捕鲸一窍不通,他却有着丰富的航海经验。他没有争辩,只是测了一下吹在脸上的风。他觉得船帆能够兜住足够

5 险舟飞鲸

的风,张帆是合算的。他们甚至有可能赶上另外两条船。

"求您了,先生,让我试试好吗?"他壮着胆说。

二副犹豫了。"我猜这不会有什么坏处,"说完,他又不无挖苦地加了一句,"反正,你也干不了别的活儿。你就试试看吧,总比傻瓜似的坐着强。"

罗杰二话没说,一步跨到桅杆那儿,扛起桅杆,把它竖立在前坐板的洞里。帆桁落下来,三角帆像条破抹布似的耷拉着。水手们烦躁地低声咒骂。

罗杰用力拉调节帆位角的帆脚索。突然,帆鼓满了风,开始把船推向前进。

罗杰紧拉着帆脚索,就像拉着一匹赛马的缰绳。他顺应着风向的每个微妙的变化,一会儿把帆索收紧一点儿,一会儿又放松一点儿。小船越走越快,像一只受惊的猫在地面上疾驰,一转眼就追上了另外两条小船。

"这小家伙有点儿本事。"德金斯说。

鲸已经清楚地出现在眼前。它那巨大笨重的躯体遮住了半边天。在罗杰眼里,它跟大船一般大。而他们这条只有 6 米来长的小艇看上去就只有那巨鲸的下颌那么长。

他第一次充分感觉到,划着这么一条鸡蛋壳似的小艇去对付这条地球上最大的生物得冒多大的风险。想到这儿,他兴奋得浑身热血沸腾。不过,扪心自问,他不得不承认自己很害怕。他几乎希望,首先到达鲸那儿的不是他们,而是另外两条船当中的一条。

果然,在二副的船快划到的一刹那,哈尔他们那条船疾驰着从鲸身边擦过,站在船头的鱼叉手已经把他手中的鱼叉掷出去。可惜,为了抢先,他掷得太急、太使劲儿,鱼叉从鲸身上飞过落到水里。

就在这一瞬间,二副的小船由桨和帆合力推动着飞驰而来,正滑到那颗硕大无比的鲸头后。鱼叉手吉姆逊扔下桨,飞身跃上船头,举起鱼叉,对准鲸的黑皮就扎。

鱼叉扎上去,那巨鲸几乎没有感觉,因为鱼叉"碰骨"了——就是说,鱼叉没有深深地刺进肉里,而是碰在一块骨头上。因为用力过猛,鱼叉都碰弯了,它从鲸身上滑下来掉进海里。

吉姆逊立刻抓起另一把鱼叉,用尽全身的力气掷出去。鱼叉深深地扎进鲸体内,把鲸牢牢钩住。

巨鲸浑身颤抖,仿佛那巨大的身躯发生了地震。

"全体倒划!"二副大喊。水手们马上把船倒划到鲸尾鳍够不着的地方。鲸翻卷起它的双叶巨尾。接着,那条竖起来足有10多米高的尾巴又落下来,打在水面上,发出震耳的巨响。只差不到15厘米,鲸尾就拍在小船的舷边上了。鲸的尾鳍比任何海船的螺旋桨都要大。鲸翻江倒海似的扑腾,汹涌的波涛冲击着小船,半条船都灌满了海水。

巨型海兽要逃跑,小船被拖着跟在它的后面。连在船上的鱼叉绳绷得紧紧的,就像杂技演员踩的绷索一样。在白沫翻飞的浪花中,小船以每小时整整20海里①的速度飞驰。

滚滚浪涛不断地涌进船里,为了活命,船上的人都扔下桨,

---

① 海里:1 海里 = 1.852 千米。——译者注

5 险舟飞鲸

拼命把船舱里的水往外舀。

斯科特先生在第三条小艇上完整地拍下了这激动人心的场面。他刚拍完,湛蓝的海浪就把鲸和它拖着的那条小船全都遮没了。它们劈波斩浪飞驰而去,捕鲸者们爱把这叫作"跟着叉住的鲸坐飞艇"。罗杰心想,这也许就是别人给他拍的最后一张照片了。如果他们往外舀水的速度赶不上水涌进来的速度,要不了多长时间,他们全都得到海底去见海龙王了。

6

落水的人

鲸突然改变方向。一股突如其来的巨大力量把小船猛地拽往右边。船上的一名水手正好在这时站起来把一桶水往海里倒,马上就被翻到海里。

船上的人谁也不理会这事,这使罗杰非常吃惊。

"有人落水了!"他大声喊。

他们肯定得砍断缆绳,掉转船头去救那个人。但二副却没有下达这样的命令。他站在那儿,手紧紧地握住方向舵,眼睛对着正前方,注视着那条游得飞快的鲸。其他人也像他一样默不作声。他们只是不停地往外舀水。二副发觉罗杰停了手,在惊讶地瞪着他。

"舀呀,孩子,快往外舀水呀!"

"可那个人……"

"另外两条船上的人会把他捞起来的。捞不起来就该他倒霉。"听了这话,罗杰十分震惊。二副感觉到了,又说:"孩子,你很快就会懂。捕鲸是一种残酷无情的营生。那条巨鲸就是成百桶油。如果仅仅为了救一个人,我们就把它给放跑,你想想看,船长会怎么说?"

罗杰只好继续舀水。他觉得自己仿佛生活在100年前的世界里。捕鲸船"杀人鲸号"固守着老传统:人命不值钱,要紧的是

6 落水的人

那一桶一桶的鲸油。今天,有许多劳保设施保证捕鲸者的安全;过去的捕鲸者只能自己处处当心,稍有不慎,就会送命。今天,我们总是采取种种措施以保证没有一人伤亡——我们却会让成百上千乃至几十万人成为一次原子弹爆炸的牺牲品。罗杰不想再费神去计算,到底哪一种做法更为残忍,是老的做法,还是新的做法。

拖绳突然松弛了。鲸又一次改变方向,朝着小船直冲过去。

刚才,它拼命往前冲,却摆脱不了小船。现在,它改变了战略,要进攻了。

它张开血盆大口,露出一个巨大的洞穴,这洞穴足以装下整条小船以及船上所有的人。朝这个洞里看就好比通过一扇敞开的大门看一间长6米多、宽3米多的"大厅"。

不过,大厅看上去并不怎么舒适。地板上铺着尖利的牙齿,牙齿长30多厘米,每颗都足有2千克重。上颌只有一排牙窝,没长牙齿,当这张巨口闭拢时,下颌的牙齿正好嵌进上颌的牙窝里。人或船只要是落入这样一个牙窝里,可就遭殃了,它们会像石臼里的碎米粒那样被碾得粉碎。

罗杰学过一点儿关于鲸的知识,他知道,抹香鲸是吃人鲸,它也吃船。它跟须鲸或鲸骨鲸完全不同。须鲸和鲸骨鲸不长牙齿,嘴里什么都没有,只有一张用来捕食海洋小生物的大筛子。那样的鲸吞不下整个的人,它也不会想吃人。它能吞下成千上万只小鱼小虾,但面对一条鲨鱼却会束手无策。

抹香鲸对那些大海里俯拾皆是的小鱼小虾根本不屑一顾,它最爱吃的是巨型乌贼。这种乌贼有的体长15米多,还长着巨大凶猛的钩形嘴。钩形嘴能把鲸置于死地,或者使它受重伤,在它身上留下终生的伤疤。

抹香鲸吞下一个人，就跟人吞下一粒丸药那样简单。捕鲸者们曾多次在抹香鲸的肚子里发现体长达 3.6 米甚至更长的鲨鱼。

"划桨！"二副高声下令。

正在舀水的水手们停下手来开始划动小船。小船被鲸拖着，本来就走得飞快，现在，加上水手们划桨的力量，就往前划得更快了。等鲸冲到小船那儿时，船已经不在原先的位置了。小船刚好躲过了那张巨口，抹香鲸只咬住了船艉的方向舵。它嘎吱嘎吱几口就把舵咬得粉碎。

鲸游开了一点儿，立刻掉过头来又一次对小船发起进攻。这一次，它潜入水下，似乎打算从船底往上撞，把小船高高地掀入空中。

"抓紧！"二副喊道。

水手们死命抓住船舷边，等着鲸撞上来。

此刻，人人都只能等着被掀下海去。鱼叉扎伤了鲸，伤口在流血，血污引来了鲨鱼。罗杰忽然意识到，那个落水的人是幸运的，他掉下水的地方既没有鲨鱼也没有被人惹恼了的鲸。

鲸没有从船底往上撞，但盘卷在桶里的拖索却在噌噌作响。

"它作声了！"德金斯说。

罗杰听不到任何声音。他忽然醒悟过来，明白德金斯说的是什么了。说鲸"作声"，就是说它突然潜入了深海。细想起来，这字眼用得可真古怪。鲸"作声"却听不到任何声音。在水面上，鲸会喷雾，会溅起水花，会用它那硕大的上下颌响亮地"咬牙切齿"，甚至还会痛苦地呻吟。但是，一旦它潜入深海，你就

6 落水的人

听不到它的声音了。眼下,这条巨鲸拖着鱼叉越潜越深,终于完全没有了动静,只听见拖绳在桶里嗖嗖直响。

"当心那根绳子!"二副警告说。

绳子正飞也似的往下出溜。它甩来甩去,就像一条被激怒了的蛇在狂舞。人的胳膊或腿要是被它缠住,准得被绞断,切口会像外科大夫的手术锯截肢的切口一样整齐。嗖嗖作响的绳子会把绞下的肢体甚至整个人都拽走,跟着鲸沉入水中。

这条鲸会下潜多深呢?抹香鲸是地球上最优秀的潜水员,如果不受拖绳的限制,它能一直下潜 400 多米甚至更深。但它还远远没有潜到那个深度,人就被压成肉饼了。即使他能潜到那个深度,他也不可能再浮上水面,因为他必定会得"减压病",这种可怕的潜水员病足以使他丧命。

桶里的绳子快放完了,不过,还有第二桶绳子。一个水手赶忙把两根绳的绳头接起来。几秒钟后,第一只桶空了,绳子呼啸着从第二只桶往下溜。绳子溜得飞快,连眼睛都跟不上。

"它不会再潜很深了。"一位水手说。

"依你说,它不会?"二副反问道,"听说过在巴拿马那一带发生的事吗?那儿有根水底电缆断了,一艘修理船要把它接起来。当修理船把两个缆头捞上来时,水手们发现一条死抹香鲸被缠在电缆卷里了。那条电缆一直在海底,那地方的水深可达 800 多米。鲸如果不下潜 800 多米,是不会被电缆缠住的。"

"那么深的一次潜水我们可来不起呀,"刚才说话的那位水手说,"我们所有的绳索加起来总共也只有 500 多米。"

"最好马上挽桩使缆绳停止下滑。"二副说。

一个水手往一根圆木和木桩上甩了两圈绳子。拖绳还在继续往下溜，但绳子与木桩的摩擦降低了下滑的速度，鲸拖着的累赘就加重了。鲸下潜得越来越吃力，它很可能会泄气，不想再继续下潜了。

这样挽桩停缆可能会很危险。因为如果缆绳在木桩上缠得太紧，鲸就会把整条船都拽到海水中去。船头沉得很低，海水已经淹没了船舷边。水手们一面往外舀水，海水一面往里涌。

这时，又出现了另一种危险——火。缆绳摩擦圆木，冒出一缕蓝烟，不一会儿，木桩噼里啪啦地燃起黄色的火苗。

"松绳！"二副下令。

离木桩最近的一位水手把他的皮水桶里的水全都泼到火上，火灭了，烟也散了。但是，不到几分钟，缠着木桩下滑的绳子又摩擦出新的火焰。圆木桩不得不一次又一次地接受海水的洗礼。

7

抹香鲸之死

拖绳松了。

抹香鲸停止了下潜。也许,它觉得已经潜得够深了,不会再有什么危险,但也可能是拖绳拖住了它。它静静地待在400多米的海洋深处,而捕鲸艇上的5个人却等得心焦。

"抹香鲸在水下能待多久?"罗杰问。

这孩子想起了自己在珍珠潟湖①潜水时的经历。那时,他一次最长能屏住呼吸3分钟,这已经是人类潜水员能屏住气不呼吸的最长时限了。

"难说,"二副说,"它们通常能待15~40分钟。但很多人都说,有些抹香鲸曾经在水下待过一个半小时。"

"没有空气,它们怎么能在底下待那么久呢?"

"它刚才喷射水柱的情景你都看到了,"二副回答,"每当它喷射水柱,它就排出废气,吸进新鲜空气。每次浮上水面,它大约要进行12次这样的吐故纳新。那样做不仅能让它的肺部装满空气,还能往它的血液里输氧。这才是喷射水柱的真正作用。鲸往自己的血液中充氧的能力是人类的5倍。干这活儿,任何呼吸

---

① 潟湖:一种在浅水海湾形成的湖泊,是由淤积的泥沙堵塞湾口而形成的。——译者注

空气的动物都比不上它。一条鲸就是一艘活潜艇!"

另外两条捕鲸艇已经靠拢过来,准备随时在需要他们帮忙的时候帮一把。掉进海里的那个人已经被人救起来,现在,他又回到二副的船上。

他浑身尽湿,疲惫不堪,但小船上却没有一个人对他表示同情。对那些手脚笨拙到甚至不能在船上保持平衡的人,捕鲸者们向来是没有好言相慰的。

他冷得直打哆嗦。罗杰把自己的毛衣脱下来给他穿。船上的人都哈哈大笑,笑他竟然穿孩子的衣服。他恼怒地把毛衣还给罗杰。他宁可冷得发抖也不愿意被人家耻笑。

他们等了40多分钟。水手们都无所事事地坐在船上在水面上漂荡。你可能会以为,他们能悠闲地歇一会儿,挺惬意。其实,在这种时候,对他们来说,每一刻都充满着危险。

那怪物会突然从什么地方冒出来?谁也说不准。它很可能会从船底下冲上来,把整只船掀上高空,把船上的人通通倾泻在到处都是鲨鱼的海里。

"它在下头待得越久,浮上来时,速度就越快,"二副说,"它太需要新鲜空气了。"

海水开始"沸腾",仿佛海底下燃起了大火。海面上耸起一个巨大的浪峰,峰顶上直冒气泡。突然,抹香鲸像被子弹击中似的从这座海浪之峰上头蹿出来。

它腾空而起,似乎直立在自己的尾巴上,看上去活像一座24米多高的黑塔——几乎跟一座七层楼的建筑物一样高。你能想象吗,一幢摩天大楼突然在洋面上冒出来。这一壮丽的景象值得记

7 抹香鲸之死

录下来,因此,斯科特打开了他的电影摄影机,以保证这场面永远不会被人遗忘。

"摩天大楼"轰地倒了,海上掀起汹涌的波涛,捕鲸艇在浪涛中相互碰撞,船上的人都在疯狂地往外舀水。抹香鲸在吐故纳新,它喷射出一棵又一棵"白棕榈树",得一段时间它才能使它的血液重新充氧。在这段时间内,它是顾不上任何别的事情的。这时机对捕鲸者来说最好不过了。

"小伙子们,划起桨来,"二副高声喊,"使劲儿划呀!划到它的左眼那边去。"

他离开船艉,跨过横坐板走到船头,而鱼叉手则回到船艉他的位置上去。

这是老规矩。长官一定要拥有杀死鲸的荣耀。德金斯抓起捕鲸枪。这是一种长约1.5米的梭镖,像剃刀一样锋利。它跟鱼叉不一样,鱼叉是刺进鱼皮把鲸紧紧钩住,就像鱼钩一样。捕鲸枪则要深深地扎进鲸体内,把它杀死。

二副站在船头,右手高举着捕鲸枪。

"划近点儿。"他命令道。

罗杰的心都提到嗓子眼儿了,他倒宁可离那条会把小船毁掉的黑巨怪远一点儿。抹香鲸这个庞然大物像巨大的阴影朝小船逼近,阴影遮住了半边天空。像喷气式飞机的废气似的水汽形成了喷泉,直冲云霄。

眼下,小船头已经挨着抹香鲸的黑皮。二副弓身向前,举起捕鲸枪,瞄准鲸眼后方刺去。

"后退!后退!"他大喊。

7 抹香鲸之死

小船划开了。抹香鲸浑身颤抖、抽搐。这巨大的怪物发出一声深沉的呻吟。这呻吟在向人们哭诉，它不是鱼，它跟那个正在捕杀它的人一样，属于哺乳动物。开头，呻吟声很低沉，接着，音调越来越高，最后变成号啕痛哭。

它又喷射了。这一次，它喷出的不再是"白棕榈树"，这是一株带血的"红棕榈"。捕鲸人管这叫"开花"。看上去，这的确像一朵硕大无比的红花，足有1米多高。捕鲸枪显然扎进了鲸的肺部。血雨洒落在船上，罗杰瑟缩了，但水手们却齐声欢呼。

"这可是上百桶鲸油啊！"吉姆逊欣喜若狂。

抹香鲸死了，它的血把海水染得通红，鲨鱼已经开始撕扯它的尸体。

水手们往鲸尾上系了一根绳子，三条捕鲸艇齐心合力地把捕获的战利品拖回大船那儿去。

船队艰难地、缓慢地移动着，15支桨一起划动，每划一下，船只能往前移二五厘米。要划到大船那儿得很长时间。本来，船长完全可以把大船驶近点儿，但他不干，因为看着划手们在这条庞然大物旁边束手无策，他似乎能得到一种变态的喜悦。等他们把鲸拉回大船边，天都已经黑了老半天了。小船挨着大船停下来，水手们把系在鲸尾上的绳子递上大船固定。抹香鲸紧靠着大船，看上去就像两艘并驾齐驱的轮船。

把小艇吊上吊艇架后，水手们全都累得瘫倒在甲板上。厨师送来了肉和咖啡。罗杰对吉姆逊说：

"我说，伙计，咱们的床不是挺舒服的吗？"

45

8

海狼

死鲸四周的海面一片骚乱。鲨鱼在水里疯狂地蹿来蹿去。它们把鲸肉一口一口地啃下来,互相争夺到口的鲸肉。

"这怎么得了,"船长在号叫,"不到天亮,鲸就没了。得有人下去把鲨鱼赶走。谁愿意下去?"

没人愿意下去。虽然他们刚才还斗志昂扬,但谁也不愿意整晚待在那具滑溜溜的尸体旁跟一群海狼搏斗。

格林德尔船长在他的那帮疲惫不堪的水手中间踱来踱去,最后,眼光落在罗杰身上。下午罗杰躲开船长的拳头时,船长的拳头重重地打在了桅杆上,拳头这会儿还火辣辣地痛呢。

"你——你这个自高自大的家伙!"格林德尔说,"你下去,到鲸那儿去。"

哈尔开口了:"让我去吧。"

斯科特先生也壮着胆提出了异议。

二副说:"这孩子已经差不多累垮了,船长。他划桨划得太久,该休息了。"

"在这艘船上,谁是发号施令的人?"捕鲸船船长吼道,"我这条船上什么时候来了这么一大帮窝囊废!再有敢顶嘴的就关禁闭!"

他朝罗杰的肋骨那儿踢了一脚。

8 海狼

"下去,你这个专门磨洋工的懒东西。这活儿想起来真不赖——一位'绅士'在鲸背上跳舞。你可能会觉得这舞厅的地板有点儿滑。派你干这活儿的好处是,即使丢了你,我们也不会有多大的损失。我可舍不得派一条真正的汉子去干。起来哇!"

他又踢了一脚,但罗杰已经闪开了,于是,船长失去平衡,重重地跌坐在甲板上。水手们哈哈大笑,激烈的咒骂像套索桩似的在他四周响起,这并没有使船长的怒气稍减,他气冲冲地大步走回船艉的房里去。

罗杰倚着栏杆看下头那条遭到鲨鱼围攻的死鲸。海上升起一轮满月,照亮了这个令人毛骨悚然的情景。二副用绳子在罗杰的胳膊下面绕了一圈,绳子的另一头将由甲板上的一位水手拿着。

"你稍有闪失,他就会把你拉上来的。"二副说。

名叫布拉德的那位水手不愿意接受这个任务。

"听着,"他抱怨说,"现在不该我值班。我累了。再说,该我干的活儿,我已经干完了。"

"别的人也跟你一样,"二副反驳道,"你很清楚,捕到鲸的时候,我们是不分什么值班不值班的。"

"那,我要是睡着了呢?"

"不准睡着!"二副厉声说。

他递给罗杰一把剖鲸铲。这是一把扁平的刀子,刀刃像剃刀一样锋利。刀的形状就像一把铲子,铲把是一根4.5米长的木棒。明天,水手们将用这种铲子把鲸脂从鲸身上割下来。而今晚,这把铲子就是罗杰跟鲨鱼搏斗的唯一武器了。

"尽可能瞄准它的鼻子捅,"二副吩咐道,"那是它们最致命的部位。要不,趁着它翻转身子时割它的肚皮也行。"

罗杰已经累得浑身打战,但面对新的挑战,他却平添了新的力量。他翻过栏杆,布拉德松开绳子,把他放下去,落在鲸背上。

一挨着鲸背,罗杰马上就摔了个嘴啃泥。船长说的话可不是开玩笑,鲸背确实是滑,那比舞厅的地板可滑多了。

鲸皮不像大象或犀牛皮那样布满皱褶,也不像野牛或狮子皮那样长着毛。它没有像鱼鳞那样的鳞片,光滑得像玻璃。

糟糕的是,这块玻璃是抹了油的。鲸皮上的毛孔填满了皮下脂肪分泌出来的油,这样,鲸就能抵御严寒并能像流线型潜艇那样在水里滑翔。布拉德在甲板上看着他,罗杰听见他在低声地咻咻笑。他紧紧握住捕鲸铲爬起来。波浪起伏,鲸在水中轻轻地左摇右晃。它每摇动一下罗杰都得滑倒,他一滑倒,布拉德就在上头咻咻地笑。

要是罗杰掉到左边的水里,鲨鱼立刻就会把他吞掉。如果掉到另一边的水里,他将会被挤在鲸和捕鲸船中间压成肉饼。想到这些危险,罗杰不寒而栗,但上头那个人却满不在乎。

这种沉重无聊的夜班使布拉德心里烦透了。他拿绳子已经拿得不耐烦。瞅瞅四周,肯定没有长官在监视之后,他把绳头往一根支索上一系,就放心地在月光下欣赏罗杰在摇摇晃晃的舞池里做杂技表演。

让他看得那么开心,罗杰可不干。这孩子正竭力学会在鲸背上站稳脚跟。他用那把锋利的铲子挖了两个刚好能容下他的脚后跟的窝窝作为立足点。现在,他能随着鲸一块儿摇动而不会滑倒了。双脚牢牢地扎在鲸背上，手紧紧地抓住绳子，他能直立起来了。

布拉德原指望能看上一场精彩的杂技表演，这下子全叫罗杰给搞砸了。他大失所望，一屁股坐在甲板上躺下睡着了。

一个巨浪涌来，鲸猛烈地震动了一下，罗杰滑倒了。他艰难地爬回他的立足点那儿去。

"喂，"他喊，"你把绳子拉紧点儿好吗？"

没人答应。他又喊了一声，还是没人答应。他看见绳子系在一根支索上，猜到布拉德已经溜回他的床上去了。

鲸在摇晃，头上的星空也在飞快地前后晃动。四周一片寂静，寂静的船，寂静的隐藏着死亡的神秘的大海，这一切使罗杰感到恐怖。

鲨鱼的脊鳍竖在海面上，在月光映照下，就像一面面小黑帆。四周的海面至少有20面这样的小"黑帆"在飞快地蹿来蹿去。它们一会儿蹿到鲸身旁，一会儿又飞快地游走，嘴里衔着大块鲸肉，要游开找个地方消消停停地吃下去呢。

一面"黑帆"飞驰而来，罗杰举起手中的铲子猛扎过去，他感到铲子已经从"黑帆"后面深深地扎进了那艘活轮船的身子，鲨鱼拼命甩动着尾巴企图逃跑，血立即从伤口涌出来。如同别的自相残杀的动物一样，其他鲨鱼马上扑上去，狼吞虎咽地把它们的同胞吃得精光。

饱餐了一顿同胞的骨肉之后，它们又把矛头对准抹香鲸。只见一面"黑帆"箭也似的飞驰而来，就在要咬鲸肉的那一刹那，它突然翻了个身，"黑帆"消失了。罗杰锋利的铲子扎中了那畜生的

8 海狼

喉咙。鲨鱼群再次把死鲸撂下,扑向它们那受伤的同胞。

鲨鱼为什么喜欢互相残杀、互相吞噬?因为它们是嗜血狂。血之于鲨鱼,犹如酒之于人类。一碰上血,鲨鱼就会变得异常兴奋。要穿透鲸那层30多厘米厚的脂肪层刺进它们的动脉或心脏非常困难,但要扎穿鲨鱼皮使它出血,就容易得多了。

如果罗杰能使这帮自相残杀的嗜血者不停地互相吞噬下去,他就能保住抹香鲸。每次举起铲子,罗杰都想尽可能扎在鲨鱼最敏感的鼻子上,但他常常做不到。他只能在鲨鱼快游开时削它一下。如果伤口正好在鱼尾,鲨鱼就会使劲儿把头往后扭,把尾巴拼命朝前弯,然后,这怪物就开始咬自己的伤口,大口大口地喝自己的血,吃自己的肉。

血染的海水引来了越来越多的鲨鱼。很多鲨鱼在罗杰那把只有4.5米长的铲子够不着的地方咬鲸。要驱赶它们,罗杰必须既能往前奔向鲸头,又能往后跑到鲸尾那儿。两个立足点显然太少了——他得挖一整串脚窝。他在自己的身前和身后都挖了许多呈杯状凹进鲸背深10厘米左右的脚窝。沿着鲸背上的这条古怪的小路,罗杰在身上的那根绳子的长度所能允许的范围内左右开弓。铲子够得着的鲨鱼都被他刺伤了。

鲸又晃了一下,他倒下了,顺着他挖的那条小径一直滑下去,两只脚都滑到了水里。那群残暴的家伙马上朝他扑去,咔嚓一声咬住了他的靴子。幸好靴子的皮很硬,很结实,不容易咬破。

鲨鱼猛地拽掉了罗杰的一只靴子,靴子里头的羊毛袜也一块儿给拉走了。

罗杰感觉到什么东西的牙齿咬在他的赤裸的腿上。他使劲儿把腿抽出来，借着身上那根绳子的力量把自己拉回鲸背上。

他的腿血流如注。他要不要爬回甲板上去，让人家给他包扎伤腿？捕鲸船上通常不会有外科大夫，只有船长一个人会点儿急救技术。但罗杰是宁可忍受伤痛，冒着血液感染的危险，也不肯低声下气地去乞求船长，听任他的摆布的。

他用海水洗净伤口，用手绢儿把伤口包扎起来，就继续干他的活儿了。

午夜悄悄地逝去。罗杰的上下眼皮儿直打架。阴霾像幽灵似的笼罩着海面。夜深了，人们都已进入梦乡。这正是鬼魂游荡的时刻。罗杰不迷信，但夜的神秘感染了他，他不禁心里发憷。

这时，他看见海面出现一个东西，吓得脊梁骨都凉了。不，这不可能是真的，他准是睡着了在做噩梦。

海面上那些破浪而来的脊鳍原先只有30厘米高，这会儿忽然都变成一人高的"黑色巨帆"。

它们不再像帆船似的轻快地掠过海面。它们箭一般地飞驰，速度快得惊人。它们冲开波浪，溅起高高的水花。

一面黑巨帆朝抹香鲸猛冲，重重地撞在那24米多长的庞然大物上。猛烈的撞击使罗杰感到抹香鲸全身都在震动。鲨鱼绝不会有这么猛烈的撞击力，即使是大白鲨也不会这么厉害。

9

恶战杀人鲸

　　这群令人不可思议的怪物当中的一条抬起头来。那头伸出水面足足 2 米多，看上去活像一枚竖起来的鱼雷，12 条鲨鱼合一块儿也没它大。它直立了好几分钟，就像一尊雕像，显然，它的尾巴和尾下鳍正不停地摆动着，支撑着它。它的眼睛直瞪着罗杰。

　　西沉的月亮正好照着那畜生的眼睛。罗杰从来也没见过这样的眼睛。圆溜溜的眼睛大得像茶杯碟，不像鲸眼那么小。在这样一双可怕的、目不转睛的眼睛的注视下，罗杰觉得自己像侏儒一样矮小。

　　他知道，自己没有做梦。在他面前的确实是一条杀人鲸。

　　杀人鲸是海洋里最可怕的动物。奇怪的是，它事实上不是鲸，而是海豚家族当中体形最大的一种。杀人鲸这名字是古代水手给它起的，以后这名字就一直没改过来。

　　一位著名科学家曾经把它称作"我们这个星球上最可怕的肉食生物"。成年杀人鲸身长 9 米多，形状像一枚鱼雷，能闪电似的在水里奔驰，时速高达 58 千米。它的上下颌各长着 12 颗尖利的巨牙，牙尖朝里弯，不管什么东西，只要被它咬住了，想逃脱几乎是不可能的。

　　瞪着罗杰的那双巨眼目光敏锐，眼后长着聪明的大脑。据说，杀人鲸的大脑比黑猩猩的大脑还要发达，除了人类以外，其他任何生物的大脑都比不上它。

不幸的是,这颗绝顶聪明的脑袋里头只有一个抱负——杀戮。这是一颗魔鬼的脑袋。因纽特人相信神灵也有邪恶的,他们把杀人鲸叫作罪恶之神,认为它们在水里的时候是杀人鲸,上了陆地就变形为狼。

杀人鲸很聪明。看见海豹或海象趴在浮冰块上,它们会从冰块下面往上撞,把冰撞碎,让冰块上的海豹、海象掉到水里。对付人,它们也会使用同样的办法把人弄死。《世界旅游》杂志的切丽·加勒特曾讲述过一次南极考察中发生的一件事。一个人和两条狗待在一大块浮冰上,7条杀人鲸同时对他们发起进攻:"一刹那,只见人和狗底下的冰块被整个儿拱起来裂成几块。杀人鲸在用背部撞击冰块,水下发出隆隆巨响。一条又一条杀人鲸从冰块下冒出来,冰块晃得吓人。冰块上那个叫庞亭的人好不容易站稳脚跟,急忙跳到安全的地方。冰块正巧在两条狗之间裂开,狗蹲着的地方却完好无损,因此,两条狗都没掉下水。这种情况是极其罕见的。显然,跟我们一样,杀人鲸们当时也感到困惑不解,它们的那些丑陋的头一颗接一颗地从它们撞开的冰缝里笔直地蹿出来,伸出水面2米到2.5米高。杀人鲸头上的那些茶色的斑纹、闪着寒光的眼睛和那一排排狰狞可怕的牙齿都已经看得很清楚了。杀人鲸的牙齿是世界上最吓人的牙齿。但是,它们竟如此狡诈而老谋深算,它们竟有力量把厚达60多厘米的冰块撞碎,还有,它们竟能如此行动一致,这一切都是我们所意想不到的。"

有时候,杀人鲸不钻到冰块底下往上撞。它们离开水,悄悄地溜到冰块上,出其不意地逮住猎物,转身就逃到水里。它们还

9 恶战杀人鲸

会用同样的办法溜上木筏、捕鲸艇或小轮船。

不久前,一条杀人鲸光顾了加利福尼亚沿海的一艘金枪鱼捕捞船。它绕着那条船转了一圈又一圈,终于把船上的厨子惹烦了,他举起来复枪朝杀人鲸打了一枪。

子弹不但没把杀人鲸打死或吓走,相反,却使它勃然大怒。它朝捕捞船直冲过去,然后,腾空跃起,一头撞进船上的厨房。那个厨子慌忙钻进货舱,捡回了一条命。

狂怒的杀人鲸在厨房里拼命扑腾,把碟子全都砸烂,把炉灶嚼碎,连火都吞了下去。铁锅和铁桶也挤扁了,就像拖拉机在上面碾过。一只巨型汤锅正炖在炉子上,里面盛着够20条大汉喝的汤,滚烫的汤溅得杀人鲸满鼻子都是,它往后一翻身,跃入水中逃走了。

脸吓得煞白的厨子从货舱爬上来。他浑身发抖,惊魂未定地盯着杯盘狼藉的厨房。那一天,船员们只能拿冷腌肉当饭吃。从那以后,那个厨子再也不敢朝杀人鲸开枪了。

一条又一条杀人鲸竖起头来瞪着罗杰。他很清楚,它们完全能够轻而易举地溜到死抹香鲸的背上,然后——嘎吱一声——哈尔就没有弟弟了。

也许,他最好还是趁早爬回甲板上去逃命。但是,他要是逃走,杀人鲸一顿狼吞虎咽,抹香鲸就连骨头也剩不下了。它们已经开始在鲸的尸体上拼命地又刺又戳,把鲸肉大块大块地咬下来叼走。几条杀人鲸正集中精力对付抹香鲸头。罗杰想起,他在他的太平洋之行中听说过,撞开鲸头咬它的舌头是杀人鲸惯用的伎俩。

鲸舌头松软而滋润，浸透可口的鲸油，是杀人鲸最爱吃的东西。抹香鲸舌头上的油不但是杀人鲸爱吃的甘美丰腴的佳肴，而且是捕鲸者所寻求的宝贝。

抹香鲸的舌头跟一头长足了个儿的大象一般大。一条抹香鲸的舌头至少能炼出 15 桶极纯净的鲸油。要是罗杰让这帮强盗把鲸舌叼走，格林德尔船长该会怎样处置他，他连想都不愿意想。那帮杀戮成性的畜生正在用鼻子去撞抹香鲸的嘴唇，企图把嘴巴撞开好咬它的舌头。抹香鲸庞大的躯体在颤抖、在震动。不管罗杰打算采取什么措施，他都得快着点儿。系他的那根绳子太短，他没法走到鲸的头部。

但是，他必须到那儿去把杀人鲸赶走。勇气使他顾不上一般常识，他壮着胆解掉了绳子，朝抹香鲸的头部走去。他还得继续给自己挖立脚的窝。即使踩着这些窝，他仍然难以保持平衡。抹香鲸巨大的身体随着波浪翻滚，杀人鲸又把它撞得震个不停。

罗杰好不容易走到抹香鲸头上。这头像一个 3 米高的巨箱，鲸鼻长在箱顶，而鲸嘴巴则在箱底。杀人鲸接二连三地向抹香鲸唇发起猛攻，这时，罗杰正站在离它们好几米高的地方。幸亏杀人鲸正忙于想方设法朝那个大食品柜撞，没看见柜顶上的那个可以成为它们的一小口佳肴的男孩子。只要他不招惹它们，它们也就不会去碰他。

但是，要罗杰不招惹它们是不行的。不过，如果这玩意儿连来复枪的子弹都不怕，罗杰手里只有一把铲子，又能干什么呢？

他偏偏相信，子弹干不了的事，他的铲子能干。铲子能使杀人鲸流血。如果这帮魔鬼吃起东西来像鲨鱼一样贪婪粗野，那

9 恶战杀人鲸

么,它们就会吞噬流血的同胞。他指望这办法能奏效,因为他再也没有别的办法了。

他使出浑身力气用铲子朝离他最近的一条杀人鲸的脑袋捅。一铲下去,杀人鲸立时扑腾得翻江倒海,罗杰反倒被吓得手足无措。被他铲伤了的那条杀人鲸朝后稍稍退了一点儿,头伸出水面一人多高,面向罗杰,怒目圆睁。接着,它潜入水下,猛冲过去。快挨着抹香鲸时,它一个腾跃出水,直取抹香鲸头。

没等它扑到,罗杰就不失时机地奔到前头。杀人鲸张着大口,扑了个空。它恼火了,猛然扭转身子,朝罗杰进攻。血喷泉似的从它的伤口涌出来,溅落在罗杰身上。他摸索着找那根绳子,只要抓住绳子,他就能把自己拽上甲板。晨曦初露,天边现出鱼肚白,在曙光中,他看见那根救命的绳子在大船边晃荡,他够不着了。

他大喊救命,吵醒了布拉德。他睡眼惺忪地爬起来,扶着栏杆朝下看。下头的情景使他怀疑自己的眼睛。他傻里傻气地张着嘴,竭力让自己睡得迷迷糊糊的脑袋清醒。

"给我扔根绳子下来!"罗杰高声喊。

大杀人鲸痛苦地扭动着身子从水里游出来,爬到抹香鲸背上。它凑近罗杰要咬他。一根绳子呼啸着飞落在罗杰肩上。不过,绳子不是蠢布拉德扔的,而是二副德金斯扔的。

"抓住,孩子!"

罗杰一把抓住绳子,二副那双强壮有力的臂膀开始使劲儿把罗杰往甲板上拽。他拽得太使劲儿,罗杰的胳膊几乎被拉脱臼。他悬空的身体在船边上撞得生疼,但比起被杀人鲸嘎吱嘎吱地

57

啃，往船上撞真是十分惬意！转眼工夫，他就被摔在甲板上。他摇摇晃晃地站起来。

"你没事儿吧，孩子？"

"我没事。"罗杰说。但是，刚刚过去那几分钟的痛苦的神经折磨仍然使他头晕目眩。"杀人鲸要吃掉舌头。"他说。

"别担心，"二副说，"你应付得很好，它们吃不着了。干得好哇，小家伙！"

他是不是应付得很好？罗杰并不十分有把握。水里的5条杀人鲸还在争先恐后地往抹香鲸的嘴巴上拱。这时，受伤的杀人鲸痛苦地扭动着身子溜下抹香鲸背，重重地落入水中。血在波涛中弥漫，引来了它的同胞。它们迅速冲向那受伤的家伙。大海被它们搅得白浪滔天。它们把大块大块的肉从同胞的尾鳍、背鳍和嘴唇上撕扯下来，大口大口地吞咽着，不到这条杀人鲸被撕得只剩一副骨头架子，它们是不会停下来的。

"它们有整整一个钟头不会来捣乱，"二副满意地说，"那样，我们就能有足够的时间把割脂台支起来了。"他对着水手舱吆喝："全体上甲板集合！"

水手们跟跟跄跄地爬上甲板，哈尔也上来了。他彻夜未眠，为弟弟担心。斯科特从前头的舱房里出来。他们俩本来都很愿意帮罗杰的忙，但是，他们插手恐怕只会给那孩子添麻烦，所以，整个晚上，他们都只能干着急。此刻，他们都急于听到他这一夜是怎么熬过来的。他们一边匆匆吃着只有咖啡和硬饼干的早餐，一边说话。

格林德尔的到来打断了他们的谈话。

9 恶战杀人鲸

"你们这帮家伙又在磨洋工，"他咆哮道，"那条鲸还等着你们割油呢。"

他盯住了罗杰。

"我记得我派你去守那条死鲸的，谁让你上来的？"

"是我把他拉上来的，阁下。"二副说。

"哼，让他再给我下去。"

德金斯壮着胆表示反对："没必要，阁下。他铲伤了一条杀人鲸，别的杀人鲸都正忙着吃那条受伤杀人鲸的肉呢。至于鲨鱼，它们全叫杀人鲸吓跑了。"

船长趴在栏杆上，盯着那群畜生。它们正在波涛中扑腾，津津有味地享用着它们的血腥的早餐。

"那你们还等什么？"船长大吼，"把割脂台支起来，快！"

他把罗杰给忘了。德金斯连忙在罗杰耳边说：

"赶紧到床上去，快，趁他还没发觉。"

罗杰悄悄地挪到船头，溜下水手舱。这会儿，他觉得他的硬板床比羽绒褥子还柔软，一挨床，他就美美地、甜甜地睡着了，沉入了梦乡。

10

猫九尾鞭

格林德尔船长转向了哈尔。

"哼,要不是二副拦着,"他傲慢地说,"我早把你那个窝囊废弟弟给收拾了。现在,我先收拾你。"

"我倒宁愿你收拾我,"哈尔答道,"那总比拿一个孩子出气好些。"

格林德尔瞪圆了眼睛:"你怀疑我的权威吗?"

"我怀疑你的智力。"哈尔知道这样说很不明智,但他太气愤了,没法管住自己的舌头。

格林德尔那双本来就鼓出来的眼睛这时候几乎要迸出眼眶来。他难以相信哈尔竟敢说出这样的话。他把脸凑到哈尔面前,压低嗓子刺耳地说:"什么意思?你是说,我不懂该怎样管理我的船员,我没理解错吧?"

"你当然不懂。"哈尔答道。他清楚,他对船长的攻击过于激烈。他真希望说出去的话能够收回,可惜已经太晚了。既然如此,他索性再加一句:"像你昨晚上那样对待一个孩子的人,根本不配向任何人发号施令。"

船长仿佛挨了一鞭子,直跳起来。接着,他像石头人似的愣在那儿,好一会儿才活转过来,声嘶力竭地号叫:"德金斯先生!"他这一声把全船人都吓了一跳。

二副一溜小跑来到他面前。

10 猫九尾鞭

"把这家伙捆起来！"船长下令，"剥光他上身的衣服。我要在他背上留下鞭痕，哪怕他活到100岁，那些鞭痕还会在那儿。"

这命令吓了二副一跳，但他不敢反驳。

"是，是，阁下，"他答道，"马上执行，只要是您说了的。不过，您也许想要我们先趁着杀人鲸还没把那条抹香鲸吃光之前，把鲸油割下来吧？"

格林德尔瞧了瞧船栏外头。那群互相残杀的畜生还在拿它们的同类当早餐吃，但它们马上就要吃完了。然后，它们就能腾出空来对付那条大抹香鲸了。

"当然，"他说，"先工作，后娱乐嘛。干完活，我们搞个晚会，非常精彩的晚会！等着吧，这可是一桩开心事儿，不是吗，呃，先生？"他转身，大踏步返回船的前头。

二副沉着脸瞪着哈尔。

"你倒是痛快了。见鬼，你这浑蛋为什么就不能管管你那张嘴？这下可好，甭指望我能帮你消灾免难。"

"我不会牵连你，"哈尔说，"好汉做事好汉当。"

他并不后悔。船长对罗杰如此蛮横残暴，任何人都会造反的。可眼下，他的仗义执言也许只会使罗杰更遭罪。至于他自己，过一会儿他就知道猫九尾鞭抽在身上是什么滋味了。

割脂台放下来了。这是一种平台，不用的时候绑在船栏杆上，要用的时候，就放下来。割脂台像阳台似的往船外伸出3米多，抹香鲸就在割脂台的正下方。

割脂手爬到割脂台上，他们手里都拿着一把长柄铲。他们用这种锋利的工具割入鲸皮下30厘米深处，再沿纵长方向切一个细长的口子。一个水手落到鲸背上，把一个鲸脂钩扎牢在鲸皮里。系在鲸脂钩上的绳索拉到船上，穿过帆缆上的一个滑轮接在起锚机上。

挂鲸脂钩的那位水手一爬到安全的地方，二副就喊："拽！"

水手们摇动起锚机，绳子绷紧了。鲸脂钩强大的拉力把抹香鲸吊离水面三四厘米。抹香鲸这庞然大物的重量对捕鲸船产生了极大的影响，船体越来越朝右舷倾斜，直斜到人在那滑溜溜的甲板上站不住脚。

只听得一阵撕裂声，鲸脂钩钩起来一大块鲸皮。随着抹香鲸身体的滚动，这块鲸皮像剥橘子皮似的被揭下来。捕鲸人管这层皮叫作"毯子"，这名字起得好。这层皮足有30多厘米厚，主要由饱含鲸油的鲸脂组成。它像一条毯子似的包裹着鲸，使它在潜入冰冷彻骨的深海时能保持体温，不怕寒冷。

那片"毯子"被拉上船，扔在甲板上。割脂手们不断重复着这一操作过程，一片又一片"毯子"被揭下来，一直到包裹抹香鲸的整条"毯子"都被弄到船上。

接下来的活儿是割脂工作中最棘手的，那就是把抹香鲸的头割下来。割脂手们抄起割脂铲，齐心合力对付鲸颈，割脂铲越割越深，割开肌腱、穿透神经，最后，切进鲸肉。要是割脂铲的利刃被骨头碰钝了，那就得把它重新磨快。铲刃必须非常锋利，因为它不但要切割一般的骨头，而且还要切割脊骨。

抹香鲸身首分离后，鲸身的骨骼从船边漂开，漂到离船100多米的地方，一群鲨鱼马上围拢过去。

这时，杀人鲸已经把它们死去的同胞吃光，开始拨弄抹香鲸头，又一次试图咬它的舌头。一场人与杀人鲸的竞赛开始了。

10 猫九尾鞭

抹香鲸头还浮在水面上,不过,割脂手已经把它翻了个个儿,用钩子牢牢地钩住。他们干净利落地割下鲸下颌,于是,像一头大象那么大的鲸舌就暴露无遗了。

鲸舌被齐根儿切断,用钩子钩住。起锚机嘎吱嘎吱地响,杀人鲸所钟爱的那一口硕大松软的佳肴被慢慢吊起来了。幸好吊得及时,因为杀人鲸已经开始围攻鲸舌,它们已经把几大块鲸舌肉撕下来。鲸舌吊离海面达2.5米时,还有3条杀人鲸用尾巴支起身子朝鲸舌扑去。鲸舌转眼就上升到它们够不着的地方,然后,被拉到捕鲸船上。

罗杰真该听听那帮水手怎样为他的功劳欢呼。鲸舌所含的丰富纯净的鲸油将往船上每一个人的口袋里装进更多的钱。"别忘了,"吉姆逊说,"我们全都托那小家伙的福。这舌头能炼整整15桶油啊!"

杀人鲸大失所望,只好去啃那架浮在水上的鲸骨骸。它们把鲨鱼全吓跑了,但军舰鸟、信天翁和海鸥却不怕它们,它们成群结队地飞来赴这场"盛宴"。

抹香鲸头内还有一种值钱的东西。割脂手们把鲸头的右面翻上来,一个腰间系着绳子的水手站在鲸头上,用铲子到处戳,寻找鲸头上特别软的一个点。找到那个点后,他用铲子在那儿切开一个直径约为60厘米的圆口子。

从圆口子那儿放下一个提桶,把桶拉上来时,里面装满清亮的油,那油芳香扑鼻,像香水似的。一桶又一桶油被吊上甲板,倒到大木桶里。这种油非常纯净,用不着放到炼油锅里去提炼。这活儿干完后,二副算了算账。

"2000加仑①鲸油,光是从鲸头里我们就弄出来了2000加仑鲸油!"

鲸头整个儿被吊上了船。即使割掉了舌头,抽干了油,这颗鲸头仍然那么重。它的重量使捕鲸船大幅度向右倾斜。水手们好不容易把它在甲板上安置下来。看上去,它的大小跟一间舱房差不多。哈尔得拼命仰起头才看得见它的顶部。他早就听说,抹香鲸头占它整个身体的1/3,但如果不是亲眼看到这样一颗真正的鲸头,这还真令人难以置信。

下面该熬油了。这是最脏最油腻的活儿。人们把鲸头和鲸皮切成小块,倒进炼鲸油锅里。油一熬出来,就得立即用长柄勺舀到大木桶里。

炼过油的鲸脂渣就扔在甲板上。哈尔不明白,他们干吗不把油渣扔进海里。

但他很快就明白了。炉火不够旺时,人们并不往火里添木柴,而是把鲸脂渣扔进炉子里。用鲸脂渣炼鲸脂,抹香鲸是在自己煎熬自己啊!

这样干既省钱又省地方。捕鲸船上不可能有地方装上足够的木柴,来提炼一次出海所能捕获的鲸。再说,买木柴要花不少的钱,而鲸油渣却是由每条捕上船来的鲸免费提供的。

由于含油丰富,鲸油渣烧出的火很旺,但这可不像烧木柴那么舒服。这火冒着浓浓的油腻的黑烟,腥臭难闻。船上的人被呛得直恶心,气都透不过来。人人都给熏得灰头土脸的,活像戴上

---

① 加仑:1加仑=4.546升。——译者注

10 猫九尾鞭

了烟灰色的面具。汗水在脸颊上淌,在灰面具上淌出一道道白色的小沟。

刀子扎在鲸脂上,油污、血水直朝外喷,工人们的衬衫、裤子溅满血污。为了省衣服,有些工人干脆把衬衫裤子全都剥掉,几乎全裸着身体干。油污和烟灰马上糊满了他们赤裸的身体,他们那多天没刮的胡子和头发上也积满了油垢。

人人都成了在噩梦中才见得着的怪物。这情境无论多么高明的画家也画不出来。要是他们当中有一个人突然出现在檀香山的街上,女士和儿童准会吓得尖叫着朝家里狂奔。

活儿干完以后,船员们也不可能指望有什么香皂和热水澡,船上的水太宝贵了,不能用来洗人的身体,况且,洗过以后,这些身体还要再脏的。糊在身上的污物大都可以用刀背刮下来,刮不干净的以后会逐渐被蹭掉。

不,在一条老式捕鲸船上熬鲸油绝不是一桩开心的活儿。但是,船上的人却干得很起劲儿,因为每多炼一品脱①油,都意味着他们在返航时口袋里揣着更多的钱。

哈尔在油腻腻黏糊糊的甲板上不停地绊跤。他在用一把长刀砍那些鲸脂"毯子",鲸脂屑直朝他脸上迸,他只好眯上眼睛。油烟把他呛得直咳嗽,他满脸油垢烟灰,跟船上所有的人一样邋遢。

哈尔记得,当他们的父亲建议他们参加几项科学考察时,他们真是欣喜若狂!停学一年,这没关系,在他们班上他们年纪还

---

① 品脱,英美制容量单位。在英国1品脱大概相当于0.568升。

小呢。展望整整一年的狩猎、捕鱼和考察，他们激情满怀。他们参加过的考察大都非常有意思，哈尔从没想过他们会面临这种处境——烟熏火燎，完全泡在血污与油垢的海洋中。活儿干完之后，等待他的不是别的，而是一根猫九尾鞭！

哈尔听到格林德尔对二副说："你手下的人谁的右胳膊最有劲儿？"这时，他知道，他不可能指望船长会忘掉那顿鞭子了。

"呃，布鲁谢尔掷鱼叉最有劲儿。"

布鲁谢尔生性残忍，块头很大，一身的蛮劲儿跟大猩猩一样。二副还以为船长问这话时指的是叉鱼，不然，他会做出另一种回答。

"好，"格林德尔船长说，"就让布鲁谢尔执鞭。"

"你的意思是，非把哈尔吊起来打不可？"

"那当然！"格林德尔厉声说，"你什么时候见过我说话不算数？"

二副真想说：是的，要干坏事时，你对自己所说的话确实从不反悔；可你要是许诺过要做什么好事，却总是自食其言。不过，他只是这么想，没有说出口。

"好吧，我来吩咐布鲁谢尔。"他说。

11

抹香鲸一家

桅顶传来一声喊叫。

"远方发现鲸!是摸香鲸(此人发音不准,把抹香鲸说成了摸香鲸),背风方向!它们喷了!喷了!"

船长噌地爬上主桅,活像一只触电的猴子。他眼下没工夫管那个"假绅士",哈尔只好暂时等着这顿鞭子。他几乎感到有点儿遗憾。他倒宁可挨一顿皮鞭了事,总比老提心吊胆地惦记着这事儿强。

水手们迅速地在小船上各就各位。滑车嘎吱嘎吱地响了一阵,小船就从吊艇架上放下来,落入汹涌澎湃的波涛中。

"解缆放船!"二副一声令下,"全体桨手——预备!使劲儿划!一——二——三!"

鲸喷射的雾柱已经清晰可辨。这一回不仅仅是一条鲸,而是整整一群。

这一群鲸到底有多少条,很难说得清,也许有半打。它们喷射的雾柱当中有两根很矮,说明是幼鲸喷出的。这一群鲸很可能是一家子。

在哈尔的捕鲸艇上,三副握着驾驶用的长桨站着。三副个子矮小,名字叫布朗。划船头桨的就是那个高大壮实得像只大猩猩的家伙,大伙都管他叫布鲁谢尔。他当过拳击手,每到要叉鱼的

11 抹香鲸一家

时候,他就离开座位站起来,把鱼叉掷出去。

布朗虽然个子矮小,但却非常勇敢。他掌舵把捕鲸艇驶到鲸群当中。

"保持航向,"他说,"桨别划出声来,别惊动这帮小畜生。"

小船悄悄地滑行到两条最大的鲸之间,它们可能是那两条幼鲸的父母。还有两条鲸可能是它们的叔叔伯伯或者婶子阿姨,但是,也可能只不过是搭伙儿的。

母鲸正在给一条幼鲸喂奶,没有察觉捕鲸艇已经划到它身边。母鲸喂奶很像母牛奶小牛,不过,比奶小牛艰难。如果让幼鲸钻到母鲸身体下面去吃奶,它就不能呼吸,会被淹死。所以,母鲸必须翻过来,侧着身子,让奶头挨着水面。幼鲸把奶头含在嘴里,鼻孔露在水面上。

母牛和母鲸喂奶的最大区别在于,小牛得用力吮吸才吃得着奶,而幼鲸吃奶却毫不费劲。母鲸身上有个泵——那是一些肌肉组织构成的,正是这些肌肉组织把奶泵进幼鲸口中。

就在幼鲸的嘴巴滑到一旁的瞬间,哈尔看见一大股洁白的奶水直喷出水面,喷射的力量跟消防水管一样。幼鲸急忙把奶头衔进嘴里,以免宝贵的奶水白白地喷掉。

如果没有这样一个泵奶的组织,用一般办法吮吸,幼鲸要吃饱一顿饭得花很长时间,也许正是由于这个原因,大自然才做这样的安排,让母鲸具有这种独一无二的泵奶功能。幼鲸每天大约需要吃90千克奶。新生的幼鲸体长在 4.28~7.62 米之间,可算是全世界最大的新生婴儿,再没有任何动物的幼婴会像它那么大了。要是幼鲸吮吸每一滴奶水都得使劲儿,它很快就会筋疲力尽，因而也就得不到它那迅速生长的身体所需要的足够的食物。

幼鲸食用这种母乳长得多快啊！鲸奶很像牛奶，但矿物质、蛋白质和脂肪的含量都比牛奶丰富。幼鲸的体重几乎以每小时4.5千克的速度增长，就是说，每天长108千克！它的身长一年就翻一番。长到4岁，它就成为一条成熟的母鲸或公鲸了。

小船无声无息地划到了这个鲸家族的中心。鲸的眼力不好，它们那十分敏锐的听觉也没察觉到任何动静，因为船上的人没说话，桨也划得特别轻，这帮家伙对即将来临的危险还一无所知呢。

布鲁谢尔抓起鱼叉，鱼叉柄碰在船舷上，发出轻微的咔嗒声。

这么一声就足够了。母鲸马上伸出一只鳍状肢护在幼鲸身上，并喷射出一股雾柱警告其他鲸，然后扭转身面对小船。那条巨大的公鲸用尾鳍使劲儿拍击着水面。

"鱼叉！"布朗高喊，"快！"

布鲁谢尔的动作敏捷而有力。鱼叉像出膛的子弹从他手中飞出，深深地扎进那条硕大无比的公鲸的颈项里。站在人群当中，布鲁谢尔看上去就像一个巨人，但在这条巨鲸旁边他却活像一个侏儒。与鲸的鳍状肢相比，他的胳膊细得像一根针，然而，正是这只瘦小得像针似的胳膊，在那座黑色的巨型肉山上掀起了一场大地震，巨鲸浑身剧烈地哆嗦起来。据说，人能移山，这一点，布鲁谢尔确实做到了。

12

巨型胡桃夹子

哈尔打起精神准备乘坐鲸拉小船疾驰。那巨兽恐怕一定会拖着小船狂奔吧，就像上次捕获的那条抹香鲸一样？

不，这条大公鲸得照料它的家人，它不打算抛弃它们。它喷射着雾柱，转身朝小船冲去。这情景使哈尔想起卫星发射的情景。鲸喷气时的轰鸣呼啸活像喷气式飞机冲破声障时气浪迸发的响声。气柱越喷越高。喷到房子高时，它像棕榈树叶似的散开，水花洒下来，淋湿了小船上的人。

这会儿，两条巨鲸一起朝小船迎头撞去，两颗巨头就像一个巨型胡桃钳子的两边。结实的杉木捕鲸艇落入这把巨钳当中，准会像胡桃似的被夹个粉碎。

"划呀，划呀！"布朗喊道，"要活命就用劲儿划呀！"

5名桨手拼命地划，他们还从来没这么拼命过。哈尔用力过猛，他的桨咔嚓一声断了。

抹香鲸头活像一把攻城锤①。现在，捕鲸艇正在两把攻城锤之间滑过。抹香鲸的前额笔直，高约3米。小船滑过去后，两条鲸的额头像两堵黑色的悬崖迎面相撞，它们的庞大躯体整个儿颤

---

① 攻城锤：一种古代兵器。是一根带铁头的大木梁，军队攻城时用它来撞破城门。——译者注

抖起来，它们肯定头痛欲裂。

浑身发抖的母鲸把幼鲸全护在它的鳍状肢下，每只鳍下护着一条。公鲸没能把捕鲸艇撞碎，极为恼火。它的脖子上扎着鱼叉，难忍的疼痛更使它怒气冲天。它在水里拼命扑腾，搅得白浪滔天。另外两条抹香鲸都是雄性，估计是小抹香鲸的叔叔或伯伯。它们正围着抹香鲸父母和小船绕圈，边绕边喷射雾柱，拦着另外两条小船不让它们驶入圈内。斯科特先生站在小船上，把这壮观的场面整个儿拍了下来。

大公鲸潜入水中，海面突然平静下来。哈尔看见那黑色的长长的鲸体从小船底下掠过，他还看见公鲸的尾巴正在往上抽打。

霎时间天崩地裂，小船仿佛被无形的缆索拽着，直抛入高空，翻了个底儿朝天。哈尔和他船上的伙伴全都被甩了出来，人、桨、水桶、帆桁以及各种船具都在空中飞舞旋转。哈尔掉入水中，朝水深处沉。他抓挠着往上游，不料，一头撞在鲸的身上。他无法呼吸，如果再不浮上水面，要不了多久，他就得淹死。

他该往哪儿游？他应该尽可能在鲸身体的侧面浮出水面，但他无法弄清，哪儿是鲸头，哪儿是鲸尾。要是他糊里糊涂地游到鲸的尾部，鲸尾只消甩动一下就能把他抽昏过去。要是浮出水面时，正好碰上鲸头，那将是一个更大的错误。

他用背挨着鲸皮游动着，不断地摸索着鲸的鳍状肢。只要能摸着一只鳍状肢，他就能肯定自己是在鲸的侧面，可以浮出水面去呼吸。

眼下，他的手抓着了一点儿东西，那可能就是鳍状肢。他正

12 巨型胡桃夹子

准备使劲儿往上浮,突然意识到那不是鳍状肢,而是鲸下颌的边缘,他正在把自己往抹香鲸口里送,请它品尝呢。那张巨口只要猛一合,哈尔·亨特就得见他的列祖列宗去了。

他连忙往后缩,然后,从鲸的右鳍后头浮上去。他无论如何也没料到,他还能再见到那条小船,但是,小船的确在那儿,不过已经翻过来了。幸运的是,它落水时很平稳,船舱里没进多少水。海面上到处都漂着船具。哈尔做了一两次深呼吸,让缺氧的肺部重新充氧,然后,就和其他水手一道把漂在水上的东西拢在一块儿,扔回小船上。水手爬上船后,三副布朗点了点人数,一个人也没少。

"好啦,小伙子们,"布朗开口了,为了盖过鲸喷气和泼溅的嘈杂声,他只好提高嗓门儿,"你们都还活着,真是有福气啊!桨手们,咱们得赶紧离开这儿。"

"说得倒轻巧!"布鲁谢尔咆哮道。

他话音刚落,小船就一头撞在一条鲸身上。

"使劲儿往后划。"三副命令道。

他们刚倒划了几下,一条鲸叔叔就把路给拦住了。

小船陷在鲸的包围圈中。包围圈比游泳池大不了多少,小船就漂浮在这巴掌大的一片水中,四周全是鲸,它们正逼近小船。被伤痛折磨得死去活来的大公鲸,开始贴着水面疾驰,所有的鲸都跟在它后面。这群鲸行动起来就像一个整体,小船被紧紧地裹在这个整体当中,随时都有被巨鲸庞大的身躯挤成齑粉的危险。

然而,即使在这样的时刻,捕鲸人心里想的仍然是鲸油,那

12 巨型胡桃夹子

一大桶一大桶的鲸油。小船正紧挨着大公鲸,这是捕杀的最佳位置,布朗手握捕鲸枪往船头走去,他要抓紧良机杀死大公鲸。但是,这同样也是这条大公鲸和它的伙伴们让小船覆灭的最佳时机。

布朗高举捕鲸枪站在船头,疾驰的小船掀起的白沫和鲸群喷射的水柱洒落的水花遮着他,使他看上去就像喷泉当中的一尊雕像。

他的捕鲸枪击中了要害,深深地扎进公鲸的身体里。大公鲸痉挛着,头尾拍击着水面,身体拱成一张巨弓,看上去就像矗立在浪涛上的一扇黑拱门。

"后退!"布朗大喊。

晚了,已经没有退路了。只听见霹雳似的一声巨响,那扇24米多高的黑拱门轰地倒下来,险些砸中小船。这扇"拱门"重达120吨,它的倒塌在海里掀起了巨浪,小船被高高地托起来,砸在一条鲸叔叔身上,又从那儿滑进水里。船总算没翻,但船舱里却灌满水,直淹到船舷边上。

水手们疯了似的往船外舀水,同时,随时准备第二次被甩入空中。但是,他们抬头一看,却惊讶地发现大公鲸已经走了,它离开鲸群游走了。

原因很快就清楚了,他们的大捕鲸船驶过来了,被伤痛折磨得死去活来的大公鲸要向大船发起进攻。

大公鲸的头硬得像岩石,大船的龙骨又低于吃水线,如果鲸与大船迎面相撞,龙骨就会朝船里碎裂。

很多帆船就是这样沉没的,蒸汽轮船和内燃机轮船有时也会遭到同样的命运。

格林德尔在瞭望台上吆喝着给舵手们发号施令。大船开始转左舵。大公鲸正劈波斩浪冲来，前进的速度高达20节①。水手们焦灼地盯着，大船能及时躲开鲸的进攻吗？

鲸和船相碰了，水手们都松了口气，因为它们没有迎头相撞。大公鲸只在船的侧面轻轻擦了一下，就滑过船舷游开了。捕鲸船剧烈摇晃，帆在颤抖，但下头的船体却安然无恙。

鲸没有再次向捕鲸船发起进攻。它仿佛忽然想起，它还有未了之事，于是，回过头来朝小船冲去。但是，从小船上掷出的致命的刑具已经把它折磨得奄奄一息。它仍然在喷射水柱，但那水柱血红，红得像燃烧的火焰。

"它的烟囱着火啦！"一个水手大喊。

巨怪沉了下去，消失在水里。

"它完蛋了！"又有人喊。

"没那么容易吧！"二副说话了。那条不停绕圈儿的鲸叔叔仍然拦着他的小船。他朝布朗大喊："当心下面！"

"是，先生！"

布朗和他那条船上的人都在紧盯着船舷外的深水处。开头，哈尔什么都看不见。过了一会儿，他影影绰绰地看见水里有一小片白的东西。那白色开头只有巴掌大，但它在上升，随着它的上升，它的面积迅速扩大。

他终于看清楚了，那是大公鲸的嘴巴。嘴巴张着，露出巨大

---

① 节：航海速度单位，1节=1海里/小时。——译者注

12 巨型胡桃夹子

无比的随时准备采取行动的牙齿。那些牙齿每颗都足有哈尔的头大。

"全速后退!"布朗大喊。

水手们竭尽全力拼命划,但是,他们完全是白费力气。两条鲸前后夹攻,使他们走投无路。船下那张大嘴巴正以可怕的速度上升,对准小船正中央冲去。船上的人跌跌撞撞地逃命,有的朝船艏躲,有的朝船艉躲。

当那张6米多宽的嘴巴闭拢时,一个人躲避不及,被咬住了。巨口的上下颌夹住小船,嚼蛋壳似的把它嚼成碎片。

船艏和船艉朝两边漂去,落水的人们慌忙地把破船片紧紧抓住。谢天谢地,他们总算还抓着了一点东西。

那个被鲸咬住的人怎么样了?他生还的机会只有一个,就是完好无损地落入那巨鲸的口中。这样,等巨鲸再次张开嘴巴时,他就会被吐出来。哈尔焦虑地注视着。

但是,当那张巨口突然张开时,里面却空空如也。巨鲸既然能够逮住并吞下跟它自己的身体一样大的乌贼,要吞咽这样一口人肉佳肴还不容易吗?

要是那个人有幸死里逃生,却在牙齿闭拢时被咬伤,那么,他现在还活着吗?也许,这根本就是异想天开。不过,在乔纳和鲸的故事里,却发生过这样的事。据说,那故事是有事实根据的。鲸的胃大得像个大餐柜,里头的空气可能足以使生命维持一段时间。有时候,在鲸的肚子里面会发现鲨鱼,有些鲨鱼还活着。不过,人可没有鲨鱼那么强的生命力啊。

狂怒的大公鲸在破船的残骸当中拼命扑腾,它张着巨口,碰到什么就咬什么。水手们只得放开破船的碎片躲到一边去,但他们仍然随时有被其他鲸袭击的危险。血腥气引来了鲨鱼,哈尔在使劲儿拍水把它们赶走。

他看见一条鲨鱼要咬一位同伴的脚,便尖叫着警告他。但那个人又冷又怕,僵在那儿反应不过来。锋利得像剃刀似的鲨鱼牙齿咬住了他的腿,把他拖下水去。

哈尔马上潜下水去,希望能搭救他。他在湛蓝的海水里到处搜索,但他的一切努力都是徒劳。四周的鲨鱼很多,却见不到那位水手和那条把他拖走的鲨鱼的踪影。

他躲避着四周那些银光闪烁的鲨鱼,挣扎着浮上去,从那条大公鲸身旁往水面浮。

13 狂奔

他的手碰到一件东西。那东西又冷又硬，原来是扎在鲸脖子上的鱼叉。哈尔本能地一把抓住鱼叉。他觉得有股力量把自己托出水面，然后飞快地驮走。

毁掉小船以后，大公鲸改变了战术。为了摆脱把它折磨得死去活来的疼痛，它正在不要命地疾驰。鲸群以稍慢的速度尾随着它。一路上都有鲨鱼扑上来要咬哈尔，哈尔只好使劲儿把脚缩起来躲它们。他心里充满对大公鲸的感激。当人们捕杀这条鲸时，他当过帮凶，而现在，这条鲸却在救他的命。

他回过头，看见另外两条小船已经划到鲸群当中把那些幸存的人捞起来，心里感到欣慰。

会有人想到他吗？他们当中准有人看见他跳进水里了，但也许谁也没看见他浮上来，因为他是从大公鲸的另一边出水的。他们更不会想到，他正被鲸驮着狂奔。

许多人都曾骑过马、骆驼或大象，有些人甚至还骑过鸵鸟。但是，有谁曾经骑在鲸的背上疾驰呢？

如果在平时，他准会觉得这是一项了不起的运动，就像在潜水艇即将下潜的时刻，坐在驾驶台上一样刺激。

下潜？这念头可不怎么吉祥。如果这艘活潜艇突发奇想要下潜，它背上的骑手会遭到什么样的命运呢？

13 狂奔

  大公鲸仿佛真的突发奇想，它正往水里潜。哈尔趁着头还没有被水淹没，赶紧深深地吸了一口气憋住，顽强地坚持着。也许，鲸只不过想贴着水面扎个猛子。但谁知道呢，它完全可能会突然"沉底"，一直潜到水下400米深处。鲸能够在深水处待整整一个钟头。在那样深的地方，它只要待上3分钟，就会使哈尔肺部的空气消耗殆尽。同时，高得可怕的水压也会把他压成一个毫无生气的肉丸子。

  没等他把这一切全考虑到，他的头就已经从浪峰上冒出来。抹香鲸喷出一股混合着血的水汽。哈尔忽然想起，有人曾告诉过他，喷血的鲸是绝不会"沉底"的，这也许是因为它那受伤的肺部和几乎流干了血的动脉，无法储存足够的氧气，供它长时间待在水下。不管由于什么原因，眼下这条大公鲸总算没有"沉底"，它只是往水里浅浅地扎了几个猛子，只钻进水里几分钟就冒出水面了。

  每次冒出水面，它都往空中喷出更多的血。血水洒在哈尔身上，从头到脚糊了他一身。那血淋淋的样子，就是他的亲生母亲恐怕也认不得他了。

  鲸血粘在皮肤上，粘着哪儿，哪儿就会像火烧一样灼痛。这种剧痛并不是鲸血引起的，而是由巨鲸肺部排出的有毒气雾引起的。风迎面吹来，把血水连同这些气雾一起吹到哈尔身上。

  鲸在水底一待就是半小时到一小时。在这样长的一段时间里，充满它们肺部的新鲜空气逐渐变质，这与人类体内的空气十分相像。如果人能屏住呼吸半小时或一小时，那么当气体从人的肺部排出时，恐怕也会变成有毒气体了。

任何生物，只要敢挡在鲸的前面，都必定会遭到鲸喷射的气柱的伤害。一位水手从他的船上伸头往船舷外看，一条鲸正巧在下头喷射，气柱朝他迎面喷去。脸上的皮肤当时就瘙痒难忍，第二天，整层皮都脱掉了，看上去就像被火烧伤似的。幸亏他在气流向他射来的时候本能地闭上了眼睛，否则，完全暴露在那种毒气里的眼睛就会受重伤，甚至完全失明。

如果说，健康的鲸喷射的气体有毒，那么，受伤的鲸喷出来的气体毒性就更大。这一点，鲸与你我也是相像的。我们患病、痛苦或者忧郁的时候，呼出的气体就不可能比我们身心健康时还干净。

哈尔感到皮肤刺痛，为了对鲸的呼吸有所了解，他吃尽了苦头。现在，每当鲸喷射时，他已经学会闭上眼睛了。

他着急地往身后看，没有人来救他。那两条幸存的小船已经回到大船上。他骑着鲸已经狂奔了将近两千米，时间过得越久，他就被鲸驮得越远。

他是不是应该悄悄溜进海里，试试看能不能游回大船那儿去？他绝对做不到。海里到处都是鲨鱼，在喷血的大公鲸两旁，随时都有银色的鲨鱼像闪电般跃过，它们在追赶这条巨怪，一心想快点儿把它吃到口。哈尔对那位水手被鲨鱼拖下水去的情景记忆犹新。他可不愿意走这条路到海底神灵戴维·琼斯的龙宫去。他生还的唯一希望是坚持，还有期待。

这条大公鲸会放弃吗？它仍然像艘快艇似的在海上劈波斩浪。大船离哈尔越来越远，最后，终于在地平线上逐渐消失。先是船身看不见了，然后，甲板没了。哈尔仍然看得见桅杆，但桅

13 狂奔

杆也在不断缩短。

他用力把眼睛瞪得大大的,希望能看见桅杆顶上有人。但瞭望台上没人瞭望。大公鲸撞击大船时,格林德尔船长就到下头去了。

这时候,哈尔想,他们说不定正在为那两个可怜的家伙举行葬礼。

他猜对了一大半。船上的确在举行葬礼,不过,葬礼不是只为两个,而是为三个可怜的家伙举行的。哈尔也是死难者当中的一个。罗杰被人从梦中叫醒,告诉他这一噩耗。

"我们很遗憾,孩子,"三副布朗说,"你哥哥跳下水去救一位被鲨鱼拖下水的朋友。从那以后,我们就再见不着他们俩了。"

"但你不能肯定他是死了。"罗杰固执地说。

"听我说,孩子,"布朗耐心地解释道,"要是一个人跳下水以后就一直没浮上来,那就只能有一种解释。那两条小船划进去把我们救起来——他们把那片水域全都搜遍了,一直搜到可以肯定一个人也没漏掉为止。别再自己骗自己了,那没用。鲨鱼已经把他吃了。我们所有地方都搜过了,你应该相信我们。我们对这行当太了解了。"

"但你们对我的哥哥不了解。他跟鲨鱼打过交道,可从来也没让它们把他叼走。我敢打赌,他还活着。我们难道不能再去找一次吗?"

"没用,"布朗说,"不过,你要是愿意,去求求船长——"
罗杰二话没说,马上去找船长。

"船长,我们可以划条小船去找我哥哥吗?"

83

就跟有人要求他派条船到月球上去似的，船长大发雷霆。

"你这个小子，脸皮真厚。你把我们当成什么了？你大概以为，除了去寻找那种连自己都照料不了的笨蛋绅士以外，我们就没事可干了吧？"

"问题就在这里，"罗杰说，"他就是有本事照料自己。所以，我才认为他还活着。"

"那么，你认为，他现在可能在哪儿呢？"格林德尔船长含着讥讽的笑说，"我猜，他正在一条美人鱼的宫殿里吧。他根本就没浮上来，否则，那两条船搜索时，会听到他大声呼救。你大概以为他被抛到天上去了，抛得太高，到现在还没落下来吧？"他恶毒地咧嘴一笑，接着又板起脸来说道："为了你那位愚蠢的哥哥，能做到的，我们都已经做了。为了他，我们搞了一个很像样的葬礼，有海做他的坟墓。你的那位哥哥不够刚强，吃不了苦，他没资格干这种营生。凡以为自己是真正的男子汉的绅士，都应当引以为戒。"

他抓住罗杰的肩膀，把脸凑近那孩子，他那些箭猪毛似的胡子扎在罗杰脸上，使他很不舒服。

"想知道我认为你哥哥出了什么事儿吗？我来告诉你吧。他知道，只要他返回船上，就得挨一顿猫九尾鞭，那顿皮鞭会要他的命。他吓破胆了。一个人要是把胆给吓破了，就不能保护自己了。就因为你哥哥吓破了胆，鲨鱼就把他给弄走啦。"

14

孤独

　　正当船长大放厥词的时候,哈尔,活生生的哈尔,开始面临可能活不下去的危险。

　　大公鲸一直在不停地流血,等它的血流得差不多时,它非翻肚子不可,这就是捕鲸者们常说的"鳍朝外"。它一翻了肚子,鲨鱼就会围上去,拿它当午餐,而哈尔呢,正好做鲨鱼饭后的点心。

　　即使大公鲸不翻肚子死去,哈尔的前景也不见得乐观。鲸会继续破浪前进,一直游到遥远的不知名的海域去。白天,它的被海浪浇成落汤鸡的骑手得忍受热带骄阳的烤炙。但是,即使是在赤道,天黑以后,掠过洋面的风还是很刺骨,大公鲸身上的骑手冷得在风中颤抖。他还得忍受饥饿干渴的折磨,直到精神崩溃为止。到那时,他抓着鱼叉的手会松开,他也就会滑到海里。

　　"杀人鲸号"的桅杆已经在天边消失。眼前只有起伏的一望无垠的波浪。他感到孤独,可怕的孤独。

　　突然,他想起来了,他不是孤独的。就在他的身下,在他骑着的这艘活潜艇里,还有一个人。

　　要是这位现代乔纳还活着,当他发现自己被囚禁在这样一座活坟墓里时,他该感到多么可怕啊!

　　他会不会拼命想办法逃出来?如果他能从鲸胃里死里逃生,

穿过食道爬到鲸的口里,那他又将面临什么样的命运呢?吞咽肌的收缩会把他再次挤回他的牢房。鲸口里的那些巨牙也会把他咬得粉碎。最乐观的可能性是,他趁着鲸张嘴的时候溜了出来,即便如此,孤苦无助的他也只会成为鲨鱼的口中食。

他更可能早已断了气,那样的话,哈尔就真的是孤身一人了。

哈尔听到一声深沉的呻吟,他吓了一跳。

他真的听到了吗?也许,是他自己的脑瓜出了毛病?他又听到了一声呻吟,非常悲哀痛苦的呻吟。这时,他意识到,这凄楚的呻吟声是他胯下的饱受磨难的鲸发出的。

此刻,他觉得自己永远不会再去捕杀另一条鲸了。

哈尔觉得自己确实听到了鲸的呻吟,那并不完全是想象。鲸不是哑巴。它们虽然没有声带,但却能发出千差万别的声音。有些博物学家相信鲸会"说话",或者,至少会用声音彼此发信号。伍兹豪尔海洋研究所曾用录音机录下了这些声音。动物学家伊凡·迪·山德逊在他的《追逐鲸鱼》一书中说:"我们已经知道,所有的鲸类,特别是鼠海豚和一些别的海豚,都在海底发出巨大的喧闹声,它们有时像牛一样地哞哞叫,有时发出呜咽或哨声,甚至发出咯咯的笑声……白鲸用不同的声音构成了一种词汇量很大的语言,正因为如此,海员们习惯把它们叫作'海金丝雀'。它们婉转啼鸣,时而高亢激越,时而琤琤玡玡,如汩汩流水,时而浅笑,时而恼怒,砰砰噗噗地发出种种古怪的声音。"

其实,鲸有嗓子并不算奇怪,因为它们毕竟不是鱼,它们跟猫、狗以及这本书的读者一样,属于哺乳动物。

14 孤独

几千万年以前,它还长着4条腿,曾经在陆地上蹒跚行走。也许,因为它的身躯过于庞大,陆地上的食物满足不了它的需要,于是,它开始在水里游泳寻找食物。慢慢地,它越来越适应水中的生活,几千万年之后,它的没用的四肢就逐渐退化了。

在鲸身上仍然看得见残余的四肢。它的前肢变成了鳍状肢,在每一只鳍状肢里头,还看得到鲸在陆地上行走那个年代残留下来的5个足趾。鲸尾部的深处,有两块没有用的骨头,那就是残存的后肢。

这么说,哈尔想:这家伙还算是我的远亲呢。

如此一想,哈尔心里好过多了。跟他本人一样,他胯下的这个家伙也呼吸空气,也长着跟他一样的骨骼、大脑、心脏和血管。它也是热血动物,跟哈尔自己一样会感到痛苦、悲伤或欢乐。想到这一点,哈尔就不会感到过于迷惘孤单了。

15

学会骑鲸

大公鲸不断变换游动方向。往南游不能摆脱痛苦,它就往西游。往西游还不行,它就往东转。啊,它要是能掉头朝大船那边游该有多好!

哈尔不知道是否能有办法叫鲸听指挥。鲸是最聪明的动物中的一种。在父亲的野生动物基地里,哈尔曾亲眼看到一些动物根据人的指示到指定的地方去,而那些动物都不如鲸那么聪明。

即使没有缰绳,骑手也能驾驭他的马,他用膝盖和腿夹马,让它听从指挥。骆驼的骑手只要用光脚趾搔骆驼脖子的某一边,它就会听话地朝左或朝右转。小犀牛肩骨中间左右两边各有一个隆起的地方,哈尔见过母犀牛摁这两个部位来给小犀牛指路或催它往前走。

然而,如何运用这些知识来解决驾驭鲸的问题,恐怕是哈尔所无法解决的。也许,他该拔出捕鲸枪,用它来戳鲸那张3米多长的脸,使它变换方向。

这主意不赖,而且,很可能产生预期的效果——但哈尔不能这样干。在他眼里,大公鲸已经变成了一个人,而且,几乎已经是一个朋友了。他不能再增加它的痛苦。

"船长说得对,"他自言自语道,"我的心肠太软。"

哈尔的一只手仍然抓着鱼叉,另一只手抓着系鱼叉的绳子,

15 学会骑鲸

绳子的那一头已经从破船上被扯了下来,拖到海面上。

他是否能利用这根绳子呢?这主意真滑稽!一想到要给鲸系缰绳,哈尔不由得放声大笑。这笑声倒把他自己给吓了一跳。响亮的笑声跟四围的寂静凄清是多么不和谐啊!

不过,他倒不妨试试。他收起几米绳子,像他在养殖场用套索捕捉动物时那样挽了个绳环,把它往前抛出大约6米,绳环就正好落在鲸的脑后。等绳环滑到鲸嘴那儿,哈尔就把绳索收紧。这时,他两手各执一根缰绳。他感到自己就像是海神尼普顿,正驾着双轮马拉战车在浪涛上飞驰。

根据太阳的位置,他估计大船此时位于北面稍偏东的海上。他应该勒紧右缰绳。但他一勒紧绳子,大公鲸就被惹恼了。它张开大口,把这根擦着它双唇的章鱼爪模样的玩意儿紧紧咬住。

哈尔勇敢果断地收紧了右缰绳。这样做对体重7吨的一头大象可能会起作用,但对海洋里的这条重达120吨的大公鲸却无论如何也不起作用。

这除了使大公鲸更加恼怒以外,一点儿效果也没有。狂怒的大公鲸把绳子咬成两截。哈尔收回绳子察看被鲸咬断的地方。绳子仿佛是被刀子割断的,他想不到鲸的牙齿竟有这么锋利。

这么说,这办法不行。但是,哈尔那个极富于发明创造的脑瓜是不会轻易认输的。他一定要再试一试,坚持试下去——对他来说,这是生死攸关的试验,再说,除此以外,他还能怎么样呢?

也许,他可以用绳子把鲸的左鳍套住使它不能正常地划动。在水族馆里,他见过一条腹鳍残废的鱼。那鱼总喜欢朝一个方向

89

拐，因为它只有一边鳍能划动。

但是，鲸游动起来不像普通的鱼。通常，鱼不但用尾巴而且用鳍推动自己身体在水里前进。而鲸则只用它那6米多宽的巨尾来推动自己的身体，鳍仅用来平衡。哈尔看见鲸鳍很少动弹。想到这儿，他放弃了用绳子套住鲸的一边鳍的计划。

那么，鲸身上还有什么能影响它游动的方向呢？它的耳朵？

他抓着鱼叉绳，往下溜到一只鲸耳旁。对于这么一个庞然大物来说，鲸耳实在是太小了。他用绳子把鲸耳堵住，看能产生什么作用。什么反应也没有。大公鲸仍然朝着原先的方向不停地游。哈尔只好把绳子从耳朵那儿拿开。

那么，眼睛呢？嘿，他怎么一直没想到它的眼睛呢？

鲸眼长在头的两侧，而不是前面。鲸既看不见它身后的东西，也看不清正前方的东西。它用它的左眼看左边儿，用右眼看右边儿。

鲸跟鸟一样，哈尔想，或者像马。

他养过一匹名叫"老右"的马。它的左眼瞎了，老爱朝右走，所以得了这样一个名字。任何动物都喜欢朝它所看得见的地方走。这匹马只能看见右边儿，因此，老朝右走。如果骑手要想一直朝前走，就得一直紧紧勒住左缰。一匹正常的马，即使在缰绳松开的时候，也会继续朝前走。"老右"就不是这样了，只要缰绳一松，面对它所看不见的可能隐藏着危险的那个世界，它就会畏缩不前。它的那只健康的右眼告诉它，它看得见的那一边的世界是安全的，所以，它就歪着身子慢慢地朝那边走去。

大海和陆地一样，隐藏着种种危险。敏感的鲸也要避开这些

15 学会骑鲸

危险——如暗礁、浅滩,成群结队的鲨鱼或箭鱼,长着坚硬的角质钩形嘴的巨型乌贼,还有船上的人类。如果只能看见一边,它的求安全的本能就会使它偏向它看得见的那一边。

哈尔开始试验把自己的理论运用到实践中去。他脱下他的那件沾满凝结着的血块的衬衫,把它折叠起来,吊在鲸眼前挡住它的左眼。

大公鲸似乎并不在意,它本来一直在朝正西方向游,现在依然在朝正西方向游。哈尔坚持了整整 5 分钟,仍然看不见什么动静。

他又伤心又失望,正想把衬衣收起来。正在这时,他无意中朝太阳那边瞅了一眼。太阳似乎不在原来的位置上了。真的,鲸的游向已经有了非常细微的改变,开始稍微偏右了。开头,它的游向是西面略偏北,然后是西—北—西方向,最后,则完全朝西北方向游。

哈尔所在的位置很不安全,也很不舒服。他把身体朝下缩了缩;挨着鲸的左侧,一只手抓着鱼叉绳,另一只手操纵他的鲸眼罩。要一直挡住鲸的视线很不容易,阵阵狂风不断把衬衫吹开。哈尔的身体离水面太近,鲨鱼对他产生了强烈的兴趣,它们老把嘴巴伸出水面朝他猛扑,想要咬住他的一条腿或者一只胳膊。

鲸正偏离它看不见的一边,稳定地朝着它看得见的那个方向慢慢游去。它的游向慢慢地从西北方转向正北方。等它转到北面偏东几度时,哈尔满意地看到,他的黑战车已经在朝着大船所在的方向驶去。他把鲸眼罩拿开,顺着绳子爬往上头比较安全的地方。

91

但是，他还没有大功告成。每过一会儿，大公鲸都会稍微偏离游向。为了使他的"快艇"返回正确的航道，哈尔就得溜下去把它的左眼遮盖一阵子，有时，还得遮盖它的右眼。

快艇似乎在减速。这使哈尔产生新的忧虑。"杀人鲸号"的桅杆顶已经开始从地平线上冒出来，但是，要到达捕鲸船还有很长一段航程。大公鲸尾巴的摆动变慢了，它的呻吟也更频繁了，它喷射的气柱带着更浓的血水，而且只有原先高度的一半。它随时随地都会"鳍朝外"翻肚子死去，把它的骑手掀到海里去喂鲨鱼。

鲸喷出的毒气熏伤了哈尔的眼睛。他仍然用力睁着疲倦的双眼注视着"杀人鲸号"的桅杆顶。他似乎看见靠近前桅顶那儿有一团黑乎乎的东西。他很快就认定自己没看错，他的沮丧和恐惧立时化作希望。前桅瞭望台上有人在瞭望，哈尔高兴得大叫起来。他被自己的喊叫声吓了一跳，这喊声很快就消失在茫茫的寂静当中。

也许，瞭望员无论如何也不可能看见这条大公鲸。在桅杆上瞭望的人搜索的是白色的气柱，而大公鲸喷射出来的气柱已经变成黯淡的红色，气柱低矮无力，几乎高不出浪巅。瞭望员可能看得见大公鲸的身体，但也可能看不见，因为垂死的鲸已经不能高高地浮出水面，它的尾巴精疲力竭，再也不能拨水了。

哈尔看不清瞭望台里的人是谁。他希望那是个好人，一个目光敏锐的人。他的性命全系在那双眼睛上了。

大公鲸很快就衰竭下来，有时候，它的6米多宽的螺旋桨几乎停止摇动。然后，随着一声粗重的呼噜，它会突然朝前猛冲，

15 学会骑鲸

这种冲刺一次比一次缓慢,一次比一次短暂。最后,巨鲸终于完全不能动弹,它那笨重的躯体毫无生气地随着波浪起伏。忽然,大公鲸挣扎着又猛冲了一下,仿佛是向死亡挑战。接着,它往空中喷射出一道暗红的依稀可辨的雾柱。

16

得救

哈尔仿佛听到海面传来一声呼叫。当然,这可能只不过是海鸥的一声啼鸣——但这也很可能是捕鲸船上的瞭望员的呼叫声。他凝神细听,又一次听到了那呼喊声。这回可是千真万确了。呼叫声虽然微弱,但却十分清晰:

"喷了!喷了!"

谢天谢地,哈尔想,这位瞭望员那双敏锐的眼睛可救了我的命!总算有人看见他了。不,不是看见他,是看见大公鲸。距离这么远,人们是不可能看见骑在大公鲸背上的他的,特别是现在,他全身都被血淋淋的水柱浇成暗红色,跟鲸背的颜色完全一样。

他看见另一个人的身影爬上了瞭望台,这人应该是船长。瞭望员已经不见了,他下甲板上去了。

仿佛过了好久,哈尔才看见小船划过来。小船上的人是为鲸来的——他们绝对想不到鲸背上还会有一位乘客。哈尔要让他们大吃一惊,让他们一辈子也忘不了这意外的惊喜。

他远远地躲到鲸身体的另一边,使小船上的人看不见他。

又听到人类的声音了,多么令人高兴啊!这比听一条奄奄一息的鲸的呻吟快活多了。

"喂,划过去吧。"是二副的声音,"老天,这是什么?瞧,它身上还扎着个鱼叉!还有一支捕鲸枪!这要不是刚才那条大公

16 得救

鲸才怪呢!就是刚才捣了半天乱,然后撇下我们走了的那条。"

另外几个人的声音插话了:

"哎呀,它怎么又回来了!"

"也许,它想回来把我们干掉。可得当心它。"

"不,它已经不行了,马上就要翻肚皮了。"

哈尔觉得他该露面了。他爬上去,只把头从鲸背后伸出去。

"嘿,我是不是看见什么东西了?"有人大喊,"那是什么?"

他们当然会大惑不解。哈尔的头上脸上沾满了半干的血块。他站起身来,从头到脚都血糊糊的。

水手们满腹狐疑地瞪着他。

"这是魔鬼!"一些人嘟哝。

"是哈尔!"罗杰蹦起来。哈尔咧开血淋淋的嘴开心地笑了。刚才,他还以为他再也见不着弟弟了呢。

他溜下离他最近的一条小船。没等他站稳脚跟,人们的问题就像连珠炮似的向他袭去。

"你上哪儿去了?"

"我们看着你跳下海去的,怎么就没看见你上来呢?怎么回事?"

"大公鲸把你驮了多远?"

"瞧这一身血,怎么搞的?"

盘问被大公鲸打断了。小船的到来惹恼了巨鲸,它扭转身,张着跟小船一般大的巨口,朝小船冲去。但是,它已经不是原来那条凶猛的大公鲸了。它行动迟钝,因此,桨手们没费什么力气就把船划到一边,闪开了它那张巨口。

霹雳似的一声巨响,鲸巨大的上下颌闭拢了。大公鲸英勇地喷射出最后一道雾柱。雾柱飘入空中,像一面迎风招展的红旗。鲸硕大的身体深处发出低沉的呻吟,然后,翻转身子,肚皮朝天了。

"往尾巴上甩根绳子,"二副命令着,"咱们把它拖到大船那儿去。"

"等一等,"哈尔说,"咱们得先想办法把另一位兄弟救出来。"

"什么另一个?你们有两个人吗?"

"对。"

水手们交换了个眼色。他们明白,哈尔的经历太可怕,他的脑袋瓜准出毛病了。

"冷静点儿,孩子,"二副说,"再没有另一个人了。"

"我没时间做解释,"哈尔说着抢过一把刀子,"只要我们手脚快点儿,就能把他活着弄出来。"

他躲开那些试图阻拦他的人,跳到死鲸的白肚皮上。他在鲸胃的位置拉开一道纵向切口。水手们在一边儿惊讶地看着,摇头叹息。

"这傻瓜,他疯了。"有人说。

鲸腹部的皮比其他地方都柔软。哈尔很快就切开了一个将近2.5米长的口子。他从那个口子跳到鲸的胃里,这时,水手们更有理由相信他是疯了。

哈尔落入一间长2.5米、宽1.5米的"房间"里。从头顶那道窄窄的裂缝射进来的是这个"房间"的唯一光线。胃液把哈尔

16 得救

赤裸的身体蜇得火辣辣地痛。

他不知道以前是否有人进入过鲸的体内,也许有。在非洲,当一头大象被杀死时,饥饿的人们就会涌进大象体内去割取象心、象肾和肥美的象肉。何况,鲸体内的空间比大象体内大得多。

哈尔用手到处摸,手碰到一样东西,那可能是一只乌贼的角质钩形嘴。又摸索了一阵,他终于找到了他的伙伴。他抱起那位水手,两个人的头一起从裂缝中钻出去。这古怪的情景使水手们相信,不是哈尔,而是他们自己发疯了。哈尔爬上鲸腹,把另一个人从裂口里拉出来。这时,水手们更是惊讶不已。

几个水手跳到哈尔旁边,帮他小心翼翼地把那个毫无生气的人抬到小船上。

二副用手试了试他的呼吸和心跳。哈尔用期待的目光盯着二副,焦急万分。既然能从鲸胃里取出活鲨鱼,为什么不能取出活人?检查完后,二副摇摇头。

"太厉害了,他顶不住的。"

为了捕捉这条鲸,已经有两个人付出了生命。人们用鲸油制造许多有用的产品,也制造冷霜。哈尔想,冷霜的代价是多么昂贵啊!当年轻的姑娘们坐在梳妆台前往脸上涂抹化妆品时,她们可曾想过,这些化妆品的代价是多么昂贵?不是金钱的代价,而是人们竭尽全力去拼搏、挣扎,甚至付出生命的代价。人们用肥皂洗手时可曾想过,为了他们手中的这块肥皂,有人付出了多么大的代价?甘油、人造奶油、油漆颜料、纺织品、化肥、牲口饲料,用鲸肝油制成的各种维生素,从鲸肾中提取的激素以及许多救命的药品,所有这些都是鲸给人类的馈赠——每天使用这些东西的人,可曾想到过那些为了给他们提供这些物品而拼搏牺牲的人?

还有那条为了使它的人类亲戚生活得更健康、更幸福而牺牲了的海中之王,人们是否会想到它?

把绳索套在鲸尾上以后,人们开始了把巨鲸拖往大船那儿的漫长劳作。开始干活后,水手们又继续对哈尔进行盘问。

哈尔告诉他们他是怎样学会骑鲸的。

"啊,你是在哄我们玩儿吧?"一位水手说,"骑鲸?我的老天爷!"

但大多数人却倾向于相信哈尔的话。不管怎么说,巨鲸就摆在眼前。德金斯请教鲸专家斯科特先生:"教授对此有何评论?"

"哈尔确实够运气,或者,倒不如说,实在够机灵。"斯科特说,"他正巧想到了动物学家们早就知道的一种现象——任何眼睛长在头的两侧,而不是在前面的动物,都会偏向于目光较好的一边。这不但是一种自然现象,而且是常识。你对你所看得见的东西总是比看不见的东西更感兴趣。假设你的眼睛长在脑后而不是在前头,你还会老朝前走吗?"

"不会,会朝后走。"德金斯说。

"对呀,鲸还不是一样吗?挡住它的一边视线,它就会往另一边拐。不过,并非人人都想得到这一点。亨特给你们带回来这么大一条鲸,我说,你们真该谢谢他。"

"他几乎连命都搭上了!"德金斯说。大家都七嘴八舌地附和。接着,他们开始计算这条大公鲸能炼出多少桶油,每个人因

16 得救

此又能多分多少钱。

"我说，"哈尔说，"你们最应该感谢的还是那位瞭望员。没有他，你们就得不到这条巨鲸。当时，鲸游得很低，喷射出来的水柱也不是白的。全靠了瞭望员那双锐利的眼睛啦。"

"你想不想知道那位瞭望员是谁？"德金斯问。

"我当然想。"

"他就是你的小弟弟呀。"

哈尔冲罗杰开心地笑了。他心潮起伏，有许许多多的话要对弟弟说，但说出口的却只有一句："干得好哇！"

"当我们告诉他说你已经死了时，这孩子死活不相信，"二副接着说，"我想，他是了解你的，知道你这人不肯轻易屈服。他缠着格林德尔船长，直缠到他答应让他上瞭望台上去瞭望为止。"

"我想，我没准儿会在某个地方发现你抱着一块沉船的碎片，"罗杰说，"后来，鲸过来了。我倒没看见你在它的背上，但我有一种预感，你就在离那儿不远的地方。"

"你突然从大公鲸背后冒出来时，大伙着实吃了一惊，"德金斯说，"真想看看你突然出现在船长面前时，他脸上会是一种什么样的神情。他还以为你这会儿还在海底呢。"

一片阴影突然遮盖了小船。水手们抬头一看，一片深灰色的雾霭吞没了太阳。地平线上出现一道云堤，缕缕云雾像一条条尾巴，从云堤下部呈螺旋状落入大海。

"雾！"德金斯说，"再过10分钟我们就什么也看不见了。快划呀，小伙子们，趁你们还看得见大船，赶紧划呀。"

雾像沉重的幕布擦着浪峰垂落下来。隔着重重雾障，在海面上荡来荡去的大船看上去仿佛只是梦幻，而不是一艘真正的船。水手们满脸恐惧不安。水手都很迷信。在他们眼里，海洋一蒙上雾的面纱，就变得比任何时候都神秘莫测。正是在这种时候，你会看见日耳曼飞人，或者产生这样的幻觉；柯勒律治在他的诗《古代水手之歌》中所描写的那种鬼怪神灵也会显形。

天外传来一声叹息。一些水手用指尖抚摸着挂在脖子上的护身符，抖动着嘴唇，喃喃念着那些他们认为能挡住魔鬼的眼睛的咒语。大船消失了，浓雾逼来，像一床令人窒息的厚毛毯捂在小船上。

二副在努力给他的手下打气："雾下不久的，小伙子们，别松劲儿。只有一链①路了。"

开头，眼前什么也看不见。过了一会儿，小船头猛地撞在"杀人鲸号"的船壳上。一个水手抓着鲸拖绳攀上船前桅侧支索，把绳子系在链条上。小船慢慢划回通上甲板的绳梯下。

雾很浓，小船上的人看不见站在绳梯顶那儿的格林德尔船长，船长也看不见他们，但他听到了 U 形桨架发出的咿呀桨声。

"啊哈，你们回来了！"船长喊道。

这时，二副本应喊叫答应，但他却把食指搁在唇边，示意手下别作声。然后，他悄悄地对哈尔说：

"咱们吓唬吓唬那老家伙。你一个人先爬上去，我敢打赌，他准把你当成是还魂的僵尸。"

---

① 链：海上测距单位。一链约等于 1/10 海里，即 185.2 米。——译者注

17 雾中幽灵

哈尔攀上绳梯，他尽量不弄出声来。他仰起头来时，格林德尔船长正好往下看。船长恐惧的双眼像巨大的玻璃珠一样突出来。他挣扎着想开口，却一个字儿也说不出来。哈尔爬上甲板站在他的面前，他连忙离开船栏朝后退。

浓雾挡住了船长的视线，他几乎什么也看不见，他也不相信自己所看到的东西。这玩意儿从头到脚都糊满红色，看上去三分像人七分像鬼。它使格林德尔想起"绅士"，但这不可能是他。"绅士"已经淹死了，格林德尔还在葬礼上为他念了悼词。眼前的这个在雾中若隐若现的幻影准是他的鬼魂，是回来报仇的。船长忽然感到后悔，他侮辱过"绅士"，还威胁说要给他一顿鞭了。

哈尔爬上船舷，透过血面具，他的双眼在冒火。他看着船长，把船长吓得魂飞魄散。格林德尔一边朝后退，一边嘟哝："不，不！不要。"

其他水手正好爬上甲板来观看这场滑稽戏。哈尔张开双臂，好像马上就要从他站立的船舷上飞下来扑向他的敌人。船长还在朝后退。厨子正好凉了一锅热粥在那儿，船长在锅边上绊了一跤，把那锅黏糊糊的东西溅得到处都是。

他赶紧爬起来，退到通向他房间的扶梯口。

跟哈尔拉开距离以后，他觉得稍微安全一点儿了。于是，怒冲冲地吼叫起来。

"你，不管你是谁，给我从栏杆上下来。你不下来，我就开枪把你打下来。"说着，他伸手去摸左轮手枪。

没等他摸到枪，哈尔就抓住一根从主帆桁顶吊下来的帆耳紧索荡下来。浓雾遮没了绳索。船长只见一团模模糊糊的东西，像撒旦的小鬼似的，从半空直朝他飞去。

他恐怖地号叫一声，拔腿顺着扶梯往下逃，匆忙中踏错一脚，连滚带爬地骨碌到梯底，爬进屋，锁上门。

他哆哆嗦嗦地躺在床上，心惊胆战地盯着房门。一个能在空中飘荡的幽灵当然也能穿过一扇上了锁的门。它也许会穿过舷窗，哎呀，有扇舷窗还开着。他爬起来要去把它关上，正在这时，他听到一种古怪的声音。

甲板上传来阵阵大笑。他的手下人全都在狂喜地尖叫。什么事儿这么好笑？他侧着耳朵想听到只言片语。有人在喊："亨特，好小伙子！""你把他吓得半死。""该给那横行霸道的恶棍一顿教训。""为哈尔三欢呼！"

船长不再颤抖。他揩掉额角上的汗珠，盛怒使他浑身冰凉。

这么说，他们是在耻笑他。他刚才看见的那玩意儿不是鬼魂，那确确实实是亨特本人。那怎么可能呢？他已经把亨特作为死亡人员记录在航海日志上，已经把他埋葬了。此刻，航海日志就摊开在桌面上，有关这件事的记载就在眼前：

  水手哈尔·亨特因自己的疏忽和愚蠢而丧命。今天，在举行了一切必要的殡丧仪式后，被投入大海，尽

17 雾中幽灵

管他并无资格获此殊荣。

瞧,他已经死了,安葬了,消失了。但是,他却还活着。此刻,他正在甲板上。该制定一条规则来禁止这一类事情。一个已经被作为死人记录在航海日志上的人是没有权利再回来的。这是违反纪律的,应该受到惩罚。

船长曾满意地在航海日志上记下了这件事。

现在,他不得不懊丧地把它画掉。这样一来,这一页看上去就很难看了:这全都怪哈尔,为此,他必须受到惩罚。船长怒火中烧,受伤的自尊心煎熬着他。他们竟敢耻笑他,呃?好,他要看看谁笑到最后。

他拔出左轮手枪,检查了枪膛,肯定里头已装满了子弹。在这艘船上,他是唯一带枪的人。想到这一点,他马上神气起来,觉得自己十分了不起。他从来也没想过,只有懦夫才会用枪去对付手无寸铁的人们。

仗着这支枪,他才有可能迫使船上的人对他唯命是从。他得拿哈尔杀鸡儆猴,好让船上的人都记住这可怕的教训。这家伙一定要挨一顿皮鞭,要把他打得体无完肤。"杀人鲸号"惩罚水手通常打40鞭——这回要抽他80鞭。等哈尔挨完这顿鞭子,船长在航海日志上记下这件事时,心里该有多么舒坦!

干吗不现在就把这事儿写下来?这样一来,他就非把这事儿干了不可,什么也拦不住他了。他必须这样干,因为已经在航海日志上记下来了呀。于是,他写道:

今日,水手亨特因犯公开藐视已确认之权威的罪过,受鞭笞 80 下。

好啦,白纸黑字,已经写上了,这一回呀,他可再不会把它画掉了。这一定要执行,而且,马上就执行。

船长咬牙切齿地下了决心。他打开房门,握着枪,踏上了升降梯。走到梯顶,他把门推开一道窄缝往外张望。

水手们正把哈尔·亨特扛在肩膀上绕着甲板游行。他们大笑、欢呼,高喊着:"亨特万岁!"

船长那张胡子拉碴的脸上露出狰狞的笑,他用左轮手枪瞄准那个死里逃生的人的头顶。

他扣动了扳机。子弹呼啸着飞过水手们的头顶,砰的一声打中了主桅杆。人们停止了欢呼,哈尔被摔在甲板上。一些人往水手舱里躲,另一些人躲到桅杆后面。

看见开枪产生了效果,船长得意扬扬,大摇大摆地走上了甲板。他是这艘船的不折不扣的主宰,这种感觉使他忘乎所以。

"布鲁谢尔!"他吆喝道,"上前一步走!"

那位前职业拳击手走上前去,卑躬屈膝,活像饭馆里的小跑堂儿。"我可什么也没干,阁下。"他盯着船长的枪说。

"把那家伙的手脚给我捆起来!"

"什么家伙?"

"'绅士'。"

人群中响起愤怒的窃窃私语声。布鲁谢尔犹豫不决地站着。二副在想方设法拖延时间。

17 雾中幽灵

"容我禀告,阁下,"他说,"被鲸吃进肚里的那个人——他的遗体还在小船上。我们是不是先给他举行葬礼?"

"他的葬礼已经举行过了。叫'帆佬'用块帆布把他包起来缝上,扔进海里。"

外号叫"帆佬"的那个人退下去执行这一令人不快的任务。他被叫作"帆佬",是因为他的工作是管理船上的帆。

船长坚决不肯转移目标:"布鲁谢尔,听到我的命令了吗?"

二副试图再次阻挠。

"阁下,亨特这家伙给我们带回来一条大鲸呢。足足100多桶油哇,阁下。他单枪匹马把这么大一条鲸弄回来了。"

船长勃然大怒。他又打了两枪。水手们赶紧卧倒在甲板上,躲开那嗖嗖飞过的子弹。

"什么!"他大叫,"我难道该咨询我的手下人,让他们指教我吗?如果我再次开枪,那可就不是打着玩儿的了。你,"他用枪点着布鲁谢尔,"你要是不执行我的命令,就要成为我的枪靶。把'绅士'给我捆起来!"

布鲁谢尔还在犹豫,如果不是哈尔挺身而出,船长可能已经把那些威胁话变成了事实。

"你最好还是按照他的指示干。"哈尔说着把脸贴着主桅杆,双臂向前伸出抱着桅杆,双腿叉开支撑着身体。布鲁谢尔把他的双手捆在一起,这样,挨打的人就被牢牢地固定在桅杆上了。船长从一个杂物柜里抽出那根猫九尾鞭,塞在布鲁谢尔手中。

"80鞭!"他命令道。

水手当中再次响起愤怒的咆哮。科学家斯科特挤出人群,面对格林德尔船长说：

"船长，我可不可以跟你说句话——私下里说？"

"不能等这事儿完了再说吗？"

"我恐怕不能等。"斯科特说着，抓着船长的胳膊把他带到船后一个避开众人的地方。

"船长，我是这条船的乘客，不是你手下的船员，所以，你应该允许我跟你开诚布公地谈话。我愿诚恳地劝你不要鞭打这个人。鞭笞属于过去那个时代——是当今的海事法所禁止的。"

"还是让我来告诉你吧，"船长怒气冲冲地说，"这条船属于过去那个时代，我也一样。在船上，法律一直是由我制定的，我想保留这种立法权。如果这就是你要对我说的话，那你是在白费口舌。"

"我还没说完，"斯科特说，他竭力使自己的嗓音显得理智和彬彬有礼，"亨特可能是太傲慢无礼——但我觉得，你还是可以原谅他，因为他为你干了一件十分了不起的大事。"

"为我干了一件十分了不起的大事？什么事？"

"他把这条大鲸带回来了。他实在是立了一大功呀。你心里清楚，这条鲸几乎值3000英镑，这钱大部分是你的，剩下的由水手们平分。他们很高兴，而哈尔自然也就很受他们的爱戴。你却要让他吃鞭子，这，我想他们是不会容忍的。"

船长那张埋在乌黑的胡子楂儿下的脸气得通红。"你这是在威胁要造反吗？知道吗，单单为这，我就可以把你铐起来。你是乘客，但你得记住，我才是这条船的主人，我不但管船员，也管乘客。我劝你还是让你嘴巴里的那条舌头放规矩点儿。"

17 雾中幽灵

"我是在尽可能客气地跟你说话。"斯科特说。他还能说些什么来打动这个顽固的蛮不讲理的家伙呢?也许,可以试试激将法?"我知道,你是主人。我还知道,你刚强有力,即使不拿枪,也敌得过船上任何一个人。"

"光是敌得过?"船长厉声说,"我比他们厉害多了。就是一比一的角斗,船上没有一个人不被我打翻在地的。"

"亨特也一样吗?"

船长开始上当了。

"什么,你说亨特?我赤手空拳也能把他撕成两半。"

"啊,你说得多好啊!"斯科特惊叹道,假装对船长佩服得五体投地,"这才像条汉子呢。不用枪,像你这样的好汉是不需要用枪的。你可以把枪留在房里。这样做,你根本不会害怕。要害怕,那就不是你了。"

"害怕?"船长嘲弄地说,"我要让你瞧瞧,我多么害怕那小子。"

他拔出左轮手枪,走下舷梯,回他的房间去。返回甲板时,他没带枪。他大摇大摆地走上甲板,踱到主桅杆前。

18
格林德尔洗鲸脂澡

"把那个人放了。"船长命令道。

布鲁谢尔迷惑不解地解开了哈尔的手。哈尔转过身来面对着船长。

格林德尔那双金鱼眼像两盏探照灯,目空一切地扫视他的船员。

"违反纪律者,"他说,"不得再上'杀人鲸号',他必须受到惩罚。昨天,这个人对我管理这条船的能力表示怀疑,说了一些侮辱攻击的话。今天,他在死了以后,竟然又厚着脸皮返回船上,还玩了一大通鬼蜮伎俩,妄想吓唬我。他吓不倒我的。他的那些诡计收效太小,所以,我打算给他一个选择的机会。他可以在猫九尾鞭和我的这两只拳头之间做出选择!"

他停顿了一下,让这主意在水手们的脑海里留下深刻印象。

"这不公平,"人群中有人说,"你有枪。"

"我没枪,"格林德尔说,"枪留在下面我的房里。像我这样的好汉是用不着枪的。搞科学的那个家伙是这样说的,他说得很对。连猫九尾鞭也用不着,就凭这两只手就够了。我赤手空拳,也能收拾这小子。我会把他揍得连一根好骨头都不剩。"

他转身对哈尔说:"也许,你还是宁愿挨80鞭吧?你挑哪一样?我们总归是要按规矩办事的。"他装出一副彬彬有礼的样子

18 格林德尔洗鲸脂澡

鞠了一躬。

对哈尔来说，要做出抉择是不容易的。他知道，80鞭子会把他打得皮开肉绽。挨完这顿鞭子，他就会倒在甲板上，成为毫无知觉的一堆模糊的血肉。有些水手就曾惨死在猫九尾鞭下。另一个选择是与格林德尔肉搏，这也很危险。就他的年龄来说，哈尔算是高大强壮的。但格林德尔的个子更高大。站在一块儿，他能俯视哈尔的头顶。他比哈尔重，更比他壮实。长年累月的海上生活，使他的胳膊和背肩胛的肌肉像灌肠似的鼓起来。他那双大手活像巨人的手掌。

"快点儿，'绅士！'"格林德尔命令道，"猫九尾鞭还是肉搏？"

"肉搏。"说着，哈尔开始逼近对手。说时迟，那时快，哈尔立刻就发现他自己招惹来的那双手已经扼住了他的咽喉。哈尔连忙弯下身子，一头朝大块头的肚子撞去。格林德尔猝不及防，哎呀一声，扼着哈尔咽喉的手松开了。哈尔瞅准时机，挣脱了身。

他后退了一两米。

"哈哈！"格林德尔大叫，"这么快就当孬种了！"

他伸出那双大猩猩似的巨手，快步朝哈尔冲去。

哈尔抓住格林德尔的一只手往怀里一带，同时朝左一拧。船长登时飞过哈尔的肩膀翻了个筋斗，仰面朝天地摔在甲板上，摔得连气都透不过来。船长的傲气被摔掉了一点儿。

哈尔没白去日本。在日本，他跟他的日本朋友学过一些柔道动作。柔道的原则就是让你的对手自己打垮自己。对手向你冲过来，就让他来好了。你只要在最后一刹那闪开，使他一头栽倒。

他飞快地向你跑去,你就轻轻绊他一下,让他重重地摔一跤。他自己本身的速度就足以把他打倒。他朝你挥拳,你就抓他的手腕。他挥起拳头时,用力很猛,你一抓他的手腕,他的肩关节就要脱臼。他要是用神经或肌肉发力,你就专门打击他使用的那根神经或肌肉,使它紧张到即将崩溃。这时,你只要轻轻拍一下某个穴位,就可能使对手残废。搞柔道的人都学过这些敏感的穴位:比如,胳膊肘或肘部尺骨端,这些部位的神经部分地裸露在皮下。胳肢窝、脚踝、腕骨、肝、耳下的腱,上臂神经和喉结等处都有穴位。

在柔道运动中,肌肉发达的大个子很可能会被头脑灵活的小个子打败。虽说哈尔算不上是柔道专家,但他懂得的毕竟比他的对手多。他的体魄可能不如船长强壮,但他精悍结实,动作敏捷,而且会动脑筋。如果说格林德尔是一头狮子,那么,哈尔就是一头豹子。

船长怎么也抓不着哈尔。他愣头愣脑,像头公牛似的往前冲,企图打哈尔的太阳穴,不料,却一头撞在起锚机上。他挥起巨拳,迅猛地往哈尔脸上砸。哈尔把脸一偏,这可怕的一拳恰好打在布鲁谢尔的下巴颏上。

"看着点儿,瞧你在干什么呀!"布鲁谢尔大吼。

水手们大笑,船长有苦难言。他觉得自己出尽了洋相。难道他就这样败在这小子手下吗?早知如此,他就不该同意跟哈尔角斗了。不!他要把这小子砸扁。他抓起一根缆桩。

"这不公平,"水手们大喊,"只准空手打。"

格林德尔挥起沉重的缆桩。缆桩眼看就要砸在哈尔头上,就在这一刹那,船长感到手腕被什么猛击了一下,手一松,手中的

18 格林德尔洗鲸脂澡

武器飞入海里。

他恶狠狠地骂了一句,从腰间拔出刀来。他手下的那帮船员全都啐他嘘他,他却充耳不闻。他抓着刀,直朝哈尔冲去。哈尔迅速后退,直退到一口炼油锅前,背靠着油锅停下来。格林德尔不顾一切地冲上去。在最后一刹那,哈尔突然往下一蹲,抓住船长的脚腕用力往上一举。格林德尔被举起来,一头栽进油锅。

幸好油锅里盛的不是正在沸腾的滚油。发现大公鲸的时候,大伙都顾不上炼鲸脂了。这时,锅下的火已经快灭了。锅里的油黏黏糊糊的,像腥臭难闻的果冻。船长好不容易从那锅糊糊里钻出头来,满头满脸都是半凝固的鲸油。水手们笑得几乎岔了气。

船长抹掉糊在眼睛上的鲸油,啐掉嘴里的油渣。"把我拉出去!"他尖叫。

哈尔和布鲁谢尔合力把他拉出锅来。他一屁股坐在甲板上,屁股底下一摊鲸油。他手里还拿着刀,但他已经无心恋战。

他站起来,粘在身上的黏糊糊的鲸脂一团团往下掉。他晃晃悠悠地走回自己的房里去,身后留下了一条鲸油小河。

他脱光衣服,尽可能把自己收拾干净,穿上干净的衣服,然后,一屁股坐下来,把整件事情前后思量一番。他的面前摆着那本摊开的航海日志。船长的眼睛落在他刚才记下的那几行字上:

今日,水手亨特因犯公开藐视已确认之权威的罪过,受鞭笞80下。

他再次把记录画掉。

18 格林德尔洗鲸脂澡

19

握手言和

格林德尔拿起左轮手枪。

他把枪托在掌心上玩着。这枪是他唯一的朋友。抚摸着枪,他心里很舒坦。勇气从枪传上他的胳膊,然后进入他的胸膛。

一跟头栽进鲸油里,船长的傲气全完蛋了。摸着这支枪,他心里稍微舒服了一点。只要他还拥有这艘船上唯一的一支枪,他就仍然是船上的主宰。

他听见手下的水手还在甲板上哈哈大笑。这支枪——他的朋友——会打断这笑声。枪可是没有幽默感的。

"我非给他们点儿厉害瞧瞧不可。"他压低嗓子说。

看着航海日志上涂得乱七八糟的那一页,船长怒气陡增。这艘船的船主读到这一页的时候会怎么想?一个被作为死亡人员记录在航海日志上的人却没死;又是这个人,要挨80大鞭,却又没打成。这算什么事儿?船长屡次在航海日志上写上这样的废话,然后又把它们画掉。船主们准会把他当成蠢货。他难道是一个优柔寡断的人吗?

他有了主意,知道该怎么办了。这一回,他可要干完才把事情写在日志上。等身体颤抖得不那么厉害,他就要带着这支枪到甲板上去,把枪膛里的子弹全射进"绅士"的臭皮囊里。然后,他将在航海日志上这样写:一个不守规矩的水手企图谋杀他,他

19　握手言和

被迫用这支枪自卫反击。

他把这主意掂量了一遍,觉得这行不通。整条船的人都与他作对。他要是枪杀了亨特,等船一到港,他们就会报告警察局。

想了一会儿,他那胡子拉碴的脸露出狡黠的狞笑。

有办法了。他想,我可以骗他们,让他们以为我和"绅士"已经冰释前嫌。我可以假装对过去的事已经不再计较,心里已经没有疙瘩。我们是打了一架,但事情已经过去,我们现在很和睦,很友好,就像同一窝猫里的两只小猫一样。等到他们全都这么想以后,"绅士"再出事故,他们就不会怪罪于我了。

他舒舒服服地往椅背上惬意地一靠。对,一起非常可怕的严重的事故。我一定要精心安排,使他再也不能死里逃生,而且,没有人能够把事故的罪责归咎于我。

他站起来伸了伸腿,腿仍然软绵绵的像软面条。背部在甲板上摔过的地方又青又肿,被哈尔打中的太阳穴还在痛,头部撞在起锚机上的地方留下了伤痕。

他照了照镜子,皮肤上到处是热油烫起的燎泡。幸好油还不是很烫,他实在应该感到高兴,但他并不高兴——他整个人都被可怕的仇恨所支配,一心只想报复。

想想看,一个只有19岁的孩子竟能对他干出那样的事!他怒冲冲地擤鼻子,擤在手帕上的全是鲸脂。他揩掉眼角上的鲸脂碎屑,掏出耳朵里的鲸油。不管怎么拾掇,他身上还是发出死鲸的臭气。

他走上甲板。火又燃起来了,鲸脂在炼油锅里沸腾,鲸油渣在炉中直冒黑烟。炼油锅升起的白色水汽,像一群白鸟和黑鸟在上下盘旋飘拂。一些水手正在把大块大块的鲸脂投入锅内,另一些水手把熬出来的鲸油撇出来装进油桶。这时,外头割脂台上的水手已经开始给哈尔的那条大公鲸剥皮。人人都兴高采烈,他们还在嘲笑船长。

"他来了!"有人警告道。于是,人们停下手中的活,看会出什么事儿。"他准会怒气冲天,"一个人说,"说不定他会朝这儿乱放枪呢。"另一个人边寻找着藏身之处边说:"他可能会把亨特给宰了。"还有一个人说:"我可不愿处在亨特现在的地位。"又一个人说:"他敢动亨特一指头,我们就干掉他。"

但是,船长并没有拔枪,他甚至没有一点儿恼怒的样子。在他那箭猪刺似的胡子下面,似乎还露出了一丝笑容。

"亨特,"他喊道,"我有话跟你说。"

哈尔走过去。他像猫一样警觉,随时准备着,船长一拔枪就迅速采取行动。但格林德尔船长只是把手伸出去。

"把东西放下吧,"他说,"咱们握握手,角斗的事不再提了。没有人会说我不是一条堂堂正正的好汉。那是一场公平的角斗,你把我打败了,就那么回事。来,握手吧。"

哈尔没有提醒船长说那并不是一场公平的角斗。格林德尔没有按事先规定那样只用双手,他先是抓起一根缆桩,后来又拔出刀子。堂堂正正的好汉绝不会那样做。但是,船长能改邪归正,这使哈尔很感动。他热情地握住船长的手说:"你能这样看待这件事真是非常宽宏大量。"他说,"我想,你的伤口可能还痛吧。"

"我?痛!"格林德尔哈哈大笑,"小伙子,你还不了解我呀。痛?不,正相反,我在我的这条船上发现了一个真正的男子汉,

19 握手言和

感到非常高兴。我要提升你,好让你知道,我是怎样看你的。从现在起,你就是我的主鱼叉手。"

"可我从来也没投掷过鱼叉。"哈尔提出异议。

"听我说,小伙子,"船长把他那沾满鲸脂碎屑散发着恶臭的胡子凑到哈尔脸上说,"能把我抛起来的人肯定能投掷鱼叉。"说完这听起来像是开玩笑的话后,他放声大笑道:"对,先生,从现在起,你就是主鱼叉手了。来,再握一次手。"

哈尔又跟他握了一次手,但心里感到有点儿别扭。他开始怀疑:船长是不是在故作姿态?但是,他马上就打消了这念头,因为他总是倾向于相信别人身上所表现出来的那些最好的品质。也许,甚至在残暴蛮横的船长身上也会有一点点好的地方呢。

后来几天,船长一直坚持对哈尔好。这可不容易做到。船长那油桶似的胸膛里翻腾着怒火,要把怒火变成微笑和甜言蜜语实在是一件很困难的事。怒火总得找地方发泄,于是,别的船员就成了他的出气筒。他把手下的船员视为仇敌,因为他们曾耻笑过他。

20

灰鲭鲨

有一个人的笑声船长怎么也忘不了,他那咯咯的笑声格外尖锐刺耳,这个人就是船上专管船帆的"帆佬"。

很久以来,"帆佬"一直是船长的眼中钉、肉中刺。他的年纪比船长大,有时会情不自禁地显得比他有头脑。他已年过花甲,在海洋上闯荡了大半辈子,饱经风霜、足智多谋,与上司持不同意见时,从来不肯含糊。

主帆上出现一道裂缝,裂口越来越大。船长命令"帆佬"爬上去把它补上。

"不,用不着补,""帆佬"说,"它还会破的。"

"我说,把它补上。"

"我说用不着补,""帆佬"不耐烦地顶撞道,"这面帆很旧,都朽了。它已经完成了它的使命,我正要把它扔了换上一面新帆呢。"

"照我的吩咐做,"格林德尔船长大喝一声,"帆布得花钱买。只要旧帆还能补,就不准换新的。"

"补了还会裂开的……"

"它要是再裂开,我就把你给揍成两半,我非揍你不可!你这老东西,你的那一套我可清楚。你马马虎虎地缝上几针,让它过不了一会儿就破,然后,你就可以对我说'我早就说过它还会

20 灰鲭鲨

破的'。哼,你给我听着,这面帆要是再破,我就让你坐滑车。"

"坐滑车"就是用绳子把人捆住,像捆脏衣服似的,然后扔进海里,拖在船艉后面。

"甭吓唬人,我不怕。""帆佬"厉声说。但他没说下去,他知道,船长完全可能把恫吓变成行动。他只好一边嘟嘟哝哝一边动手补那面帆。凭着自己长年积累的经验以及熟练的技巧,他仔细地往帆上缝上一块补丁。他不想"坐滑车",因此使出浑身解数,终于把帆补得差强人意。补丁的布很结实,针脚缝得也挺牢固,但帆本身却又薄又朽,一碰就破。

"白费劲儿,"他懊恼地对自己说,"它还会破的。"

果然不出所料,补好的帆升上去不到一个钟头,一阵狂风吹来,它就像打枪似的砰的一声,顺着针脚爆裂开了。船长闻声跑来,看见"帆佬"在沮丧地瞪着在风中飘拂的缕缕破帆发呆。

"我跟你说过它还会破的。"他说。

"是的,你跟我说过,"船长冷笑道,"所以你才故意把它补成那样,好让它像你说过那样破掉。好哇,我警告过你,我跟你说过我要干什么,现在,我可不客气了。布鲁谢尔!拿拖绳!"

"帆佬"愤怒地冲着船长说:"你敢碰我一下,我叫你过不了今天就蹲监狱。"

船长脸气得通红:"你竟敢威胁我?我让你好好地洗个海水澡,洗完澡后,你就神气不起来了。布鲁谢尔!"

布鲁谢尔踌躇不前。"他可不像以前那么年轻力壮了,"他说,"不知道他能不能挺过来。"

"谁请你发表意见了?"船长大发雷霆,"给他挽个单套结。"

"这可是杀人,阁下,"布鲁谢尔反对道,"这种事儿我可不想插手。"

"杀谁?"船长掏出枪来,"要是你拒不执行我的命令,要杀的可能就是你。现在,你还不肯去用绳子把他捆上吗?"

布鲁谢尔冷冷地盯着船长的枪口,"不,阁下,我不愿意。"

水手们已经把布鲁谢尔团团围住。船长恼怒地扫视着人群。大伙儿都默默地盯着他,他讨厌他们盯着他的那种神情。他心里明白,没有一个人会愿意出来用绳把老帆工捆起来。

他一把抓住"帆佬",把他推到船艉的栏杆前,熟练地把拖绳挽成环扣套在"帆佬"腋下。那位高傲的老帆工既不挣扎也不呼喊。水手们开始朝船艉走去。

"站住,"船长下令,"谁敢再往前一步,我就开枪打死他。"

人群犹豫不决地停下了脚步,怨声四起。不等他们商量好下一步该怎么办,船长已经弯下腰,用一只胳膊抱住"帆佬"的双腿,把他举到栏杆上。只听得一声沉闷的水声,老帆工已经被扔到海里,但他仍然一声不吭。

像许多老一辈的海员一样,"帆佬"不会游泳。落水后,他的身体立刻沉下去。拖绳放了15米、18米、21米,然后,"啪"的一声,在缆桩上绷紧。

拖绳的拉力猛地把"帆佬"拖出水面,然后,以4节的速度拖着他在浪峰上疾驰。他被水呛着了,大口大口地喘气儿,但仍然不肯呼救。船长冷酷地盯着他,露出心满意足的神情。

"就该这样教训教训这顽固的老蠢货。"

水手们盯着海面,担心水里有鲨鱼或杀人鲸。

20 灰鲭鲨

水面上没见有鲨鱼那种 60 厘米左右的三角鳍,也不见有杀人鲸那种一人高的鳍。但是,正当他们以为这一带的水域没有危险鱼类时,离那位不幸的帆工不远的水面突然开了花。一条蓝白两色的东西喷泉似的蹿上 6 米多高的空中,翻了个身,又跃入海里。

"灰鲭鲨!"二副惊叫起来。水手们不顾船长手中的枪蜂拥而上,冲往船艉栏杆。他们抓住拖绳一起用力往船上拽。

鲨鱼的种类很多,许多鲨鱼是不伤人的。有些人曾经在这些鲨鱼群中游泳,因此,可能会傻乎乎地以为所有鲨鱼都不伤人。

其实,有三种鲨鱼是吃人的,它们是灰鲭鲨、噬人鲨(又名大白鲨)和鼬鲨(又名虎鲨)。

噬人鲨的体形最大,体长可达 12 米多。鼬鲨体形最小,体长只有 3.6 米左右。灰鲭鲨是三种吃人鲨当中最可怕但又是最优秀的一种。

它最优秀,因为它那蓝白两色的皮很美,它的游速是鱼类中最高的,堪称速度惊人。它能跃上 6 米多的空中,高度比擅长腾跃的大海鲢高一倍。它腾跃的姿势优雅,仪态万方。

它最可怕,因为它长着剃刀般锋利的巨齿,而且天性极端残暴。它无法无天,总是那么贪婪,总要招惹是非。

灰鲭鲨又往空中蹿了两次,它仿佛在耍弄它的猎物,就像猫在即将吞食老鼠之前耍弄它一样。它要是能多嬉戏玩耍一会儿该多好,那样,"帆佬"就能上升到安全的高度了。

鲨鱼腾空而起,这条体重达四五百千克的巨鲨腾跃起来竟轻盈得像气球。它的腰身粗得像大油桶,身长抵得上三个身材高大

121

的男人足首相连接起来的长度。它一次又一次地跃起，每一次落水都离"帆佬"更近。老帆工仍然一声不吭，实际上，他也喊不出声了，因为汹涌的波涛使他窒息，他已经失去了知觉。

"拉呀，小伙子们，用力拉呀！"德金斯高喊，"加把劲儿呀！"

"帆佬"已经离开水面，只要再拉几把，他就得救了。

但是，灰鲭鲨诡计多端，它不再嬉闹逗乐。它又来了一个鱼跃，这一回蹿得很高，水手们都得抬起头来看它。它在空中优雅地翻了个身，头朝下往水里扎。它巨大的嘴巴张得大大的，巨牙像象牙似的在阳光下闪烁。巨鲨一口咬住"帆佬"，拖绳绷断了。鲨鱼叼着猎物，潜入深海，便无影无踪了。

21

暴动

水手们把绳子拉回船上。

看着绳子的断头,他们可跟船长翻脸了。他们再也不害怕他手中的枪了。

格林德尔直往后缩,想伺机溜走。他那张被浓密的黑胡子遮盖着的脸变成死灰色。他那双死鱼眼睛通常在发怒时鼓出来,这会儿吓得几乎要爆出眼眶。他挥动着左轮手枪吓唬人群。

"谁敢再往前一步,我就崩了谁!到船头那儿去,通通都去!这是命令。"

"你已经没有资格发号施令,"二副说,"我已经取代你成为这艘船的船长。"

"你们这是造反!"格林德尔嚷道。

"对,是造反!"德金斯说着又逼近了一步。

"退回去,我警告你们。我要控告你们,要叫你们通通上绞刑架。"

"告呀,你告去吧。你以为我们不敢告发你干的那些勾当吗?杀人犯,你干的是杀人犯的勾当。"

"杀人?没那回事!那是执行纪律。就该那样教训教训他。"

"那就是杀人。你明明知道'帆佬'不会水,你明明知道他上了年纪,顶不住那样的惩罚。你明明知道这一带的海域到处是鲨鱼,你偏要把他往海里扔,你这是把他往死路上送,不是淹死就是给鲨鱼咬死。你这些惨无人道的行径到此为止了。"

"造反啦!"格林德尔大叫大喊。

"没错,造反了!无论什么法庭都会认为我们做得对——我们拘捕了一个杀人犯。格林德尔,你被捕了。"

船上的人都大声表示赞成。

"把他抓起来!"

"把他铐起来!"

"把他扔到海里去喂鲨鱼!"

"劈了他!"

"让他下油锅!"

"抽他80鞭子!"

每个人都提出了一个惩罚方案,一个比一个厉害。

船长已经无路可退,他背靠船栏杆,绝望地东张西望,想伺机逃跑。突然,他看见天边有一艘船。

他脑瓜一转,计上心头。他打算跳进海里,假装淹死,等"杀人鲸号"驶远了再浮出水面。天边那艘船是朝这边驶的,他水性好,能一直潜在水里等那艘船来救他。

但他首先得让这帮暴乱分子后退,这样,当他翻越栏杆时他们就来不及抓他了。

"往后站!"他吼道,"我数三下。数到第三下你们还不闪开,我的枪可就不客气了。"

他数了三下。人们继续逼近他。

格林德尔开枪了。第一颗子弹擦着布鲁谢尔的耳朵飞过,这

21 暴动

大个子后半辈子就只剩一只耳朵了。格林德尔又开了一枪,子弹打中了二副的胳膊。可是,当他第三次扣动扳机时,枪却没响,他的枪哑火了。

他使劲儿把枪扔出去。枪砸在吉姆逊的额头上,当场把他砸昏过去。格林德尔企图翻越栏杆,晚了。无数双手一齐抓住了他。他拼命挣扎,又抓又咬,活像一只发了疯的野猫。

他只疯狂挣扎了一会儿,人们就把他牢牢地抓住,一点儿也动不了了。他只能吼叫,人们把他拖到船头推进禁闭室时,他在狂号乱吠。

门哐啷一声关上了,然后,钥匙一转,锁住了。船长摇撼着铁栅栏,拼命咒骂、号叫,活像一只关在铁笼里的大猩猩。

禁闭室就是一间小型牢房。很多船都设有禁闭室,但是,绝没有一间禁闭室会像这间一样。看上去,这像一个囚禁野兽的铁笼。

是格林德尔亲自叫人建造了这样一间禁闭室。他特意把它弄得很不舒适,好让被囚禁的人悔罪。禁闭室没有墙壁,四周都是铁栏杆,连房顶都是铁条造的。室高只有 1.2 米,关在里头的人根本站不直身子,只能坐着,或者像牲口似的蹲着趴着。

禁闭室不能挡风遮雨。白天,热带地区的炎炎赤日直晒在被囚禁的人身上;夜晚,飕飕寒风又把他冻僵,突如其来的暴风骤雨常把他浇成落汤鸡。

笼内有一床铺,但这床简直不能睡人。心肠歹毒的格林德尔叫人把床造成仅 1.2 米长,人在上头无法伸直身体,只能蜷作一团。人们可能会抱怨水手舱的床板太硬,睡得不舒服,那睡禁闭室的床就更遭罪了。那床铺不是用平整的板子而是用窄木条搭成，木条之间留着七八厘米宽的空隙。在这样的木条上躺上一个钟头无异于受刑，要躺整整一个晚上简直不可能。

没有毯子。每天只有一顿面包加水的饭食。

格林德尔总是为自己设计的禁闭室而骄傲。他喜欢站在笼子外面得意地望着关闭在笼里的那个可怜的人。如今，他自己被关在笼里朝外看，那滋味儿当然不如从外面朝里看那么惬意。

"我非让人把你们全绞死不可，绞死，绞死！"他透过铁栅栏声嘶力竭地喊，"瞧见那艘船了吗？船长就是我的朋友。只要他到我们船上来，你们干的好事就瞒不住了。你们给我好好听着，不出一个钟头，我准能从这玩意儿里出去。到那时，我就在航海日志上写上，你们这帮该死的东西通通都是叛徒。"

几个水手对他的话半信半疑，他们紧张地盯着那艘朝他们驶来的船。

格林德尔看出他的威胁已经产生了效果，于是继续叫喊恫吓想唬住他们。

"我再给你们一个机会，"他说，"只要你们放我出去，我保证不再对人提起这件事，就像什么也没有发生过一样。"

水手们看着二副德金斯，想听听他有什么主意。

"您看我们是不是把他给放了？"有人说，"我可不愿意上绞架。"

"别让他把你们给蒙了，"德金斯说，"那艘船是从埃达姆开来的，他根本不认识它的船长。再说，他们并不想开过来跟我们搭茬儿。瞧，他们改变航向了。"

21 暴动

果然,那艘机动船转了个弯做等纬线航行①,它离"杀人鲸号"还有5千米远。德金斯用望远镜端详着那艘船。

"是一艘捕船。"他说。

"什么叫捕船?"问题是罗杰提出的,回答问题的是斯科特先生。

"一种海上捕鲸船,"他说,"我们是老式捕鲸——他们呢,是现代化捕鲸。他们用大炮发射鱼叉捕杀鲸,然后,把鲸拖到加工船那儿。"

"加工船?"

"对,你可以看见——它就在捕船后头不太远的地方——靠近地平线。"

在天水相连的地方,罗杰看见的不是一艘而是好几艘船,其中一艘特别大,别的船则小得多。

"小的那些是捕船,跟这艘一样,"斯科特说,"大的那艘是加工船。"

"干吗管它叫加工船呢?"

"因为那上头装有各种各样的机械,它们能把鲸变成鲸油。要加工一条鲸我们得花一整天,有时甚至要花两三天。但加工船一天就能加工四五十条鲸。大约有10艘捕船忙个不停,篦头发似的在海上搜捕鲸,才能把一艘大型加工船喂饱。"

哈尔也在听,他跟弟弟一样对现代化捕鲸很感兴趣。

"如果我们能登上一艘加工船或捕船,"他说,"看看与老式

---

① 等纬线航行:沿地球纬线作正东西方向航行,与子午线航行相反。——译者注

捕鲸相比，现代化捕鲸是什么样的就好了。"

"运气好的话，你们兴许真的能呢。"斯科特说。

哈尔该记住斯科特说的这句话："运气好的话。"因为，后来把两个孩子引向现代化捕鲸的是坏运气而不是好运气。

22
船长几乎逃之夭夭

夜幕降临在暴动者的船上。

风向很稳定,无须调整风帆。船上的人都很悠闲,他们在下面的水手舱里边吃东西边议论今天发生的事。

甲板上一片寂静。舵手趴在舵轮上打瞌睡。开头,关在禁闭室里的船长还想在那张用窄木条搭成的只有1.2米长的床上睡觉。这床是他为了折磨他的手下人而专门设计的,根本没法睡。他只好睡在甲板上。浪花把甲板浇得精湿,躺在上面凉气刺骨。晚饭他又只吃了一点儿面包,喝了一点儿水。

格林德尔开始自叹自怜。他手下不少人曾经被他关进这间牢房,饱受折磨,他却从没想过该可怜可怜他们。

站在禁闭室外看守的是水手布拉德。

看守囚犯时,布拉德在观看那艘捕船的灯光消磨时间。捕船已经落下风帆、关掉机器,随波逐流地在海上漂荡了五六千米。

"布拉德。"船长压低了沙哑的嗓子喊。

布拉德走近栅栏。

"听着,"格林德尔低声说,"放我出去,怎么样?"

"我?放你出来?闭嘴!挺你的尸去吧。"

"放我出去,有你的好处。"

"为什么?"

"你可以免受颈脖之苦呀。"

"我不懂你在说什么。"

"老天爷,伙计,你难道不知道谋反暴动的人有什么下场吗?所有的暴徒都会被套住脖子吊起来,绞死,通通绞死,除了你以外。只要你肯跟我干,我包你不受绞刑之苦。不但如此,我还能让你捞点儿钞票。比如说,200镑,你看怎么样?"

"依我看,这简直是发了疯,"布拉德说,"要是我把你放了——他们会怎样处置我?他们非把我给宰了不可。"

"他们办不到。我们悄悄地把一条舢板放下水去,等他们发现的时候,我们早就神不知鬼不觉地划到捕船那儿了。"

"嗯!"布拉德拿不定主意,"我不知道,我得好好想想,得想清楚。"

"没时间想清楚了,"格林德尔压低嗓子焦急地说,"要再耽搁,捕船离我们就越来越远了。你要么别干,要干就得当机立断。如果你要想清楚,就先想想你的脖子吧。"

布拉德仿佛感到绞索已经套在他的脖子上,正越勒越紧。船长说得对,管它呢,什么都比被绞死强。

"我去拿钥匙。"他说。

他溜到船后,悄悄地下了升降梯到储物间去。

在船的另一头,罗杰正趴在床边观察四周的动静。下铺的哈尔已经睡熟,别的人也都已经上床睡着了。只有一盏鲸油灯还亮着,正毕毕剥剥地冒着浓烟。黑暗像影子似的悄悄潜进舱里。

罗杰心里有事,他本想跟哥哥谈谈,但又不想吵醒他。也许,一切都没问题。但是,他还是禁不住怀疑布拉德。

22 船长几乎逃之夭夭

派布拉德去看守禁闭室,罗杰不放心不是没有道理的。当罗杰整夜在死鲸背上奋战驱赶恶鲨时,被派去抓着与罗杰生命攸关的那根救生绳的就是这个布拉德。在值班的时候,他却睡着了。那天晚上,罗杰能大难不死,靠的完全是他自己,布拉德什么忙也没帮。能信赖这样一个人看守禁闭室吗?

"这不关我的事。"罗杰对自己说。二副选择了布拉德当看守,一般来说,二副所做的事都是对的。罗杰翻了个身,使劲儿想睡着,不料倒反而更清醒了。

"只是出去看看总不会有什么坏处。"

他溜下床,套上裤子。他不想费事去穿水手靴,蹑手蹑脚地沿升降梯爬上甲板。他悄悄地摸过去,一会儿闪进厨房,一会儿躲在起锚机或桅杆后面。借着这些东西的掩护,他一步步凑近禁闭室。

他模模糊糊地看见一个黑影,那准是布拉德。接着,他听见金属的磕碰摩擦声,那是钥匙在锁眼里慢慢转动。

禁闭室的栅栏门打开了。门是一点儿一点儿小心翼翼地打开的,没发出轧轧的响声。另一个黑影出来了,那一定是船长。

罗杰该怎么办?他应该悄悄地溜回去,把二副叫醒。

他从他躲藏的地方溜出来,但是,没等他溜到另一个可供藏身的地方,就被人从后面紧紧抓住,一只大手迅猛地一把捂住他的嘴巴。

"啊哈,好小子,"是格林德尔压低了的嘶哑的嗓音,"你竟敢暗中监视我们,嗯?"

布拉德开始为自己所干的事懊悔:"我早就跟你说了,这不保险。瞧着吧,用不了1分钟,他们那帮人就全上来了。我说,你还是回禁闭室去吧。"

"别惊慌失措,"船长呵斥道,"至于这个想告密的小子,我不会让他再捣蛋了。我来抓住他,你给他一刀。刺高点儿——刺中他的心脏。一刀进去,他就玩儿完了。"

尖锐的铁器在罗杰的赤裸的胸口划动,他感到疼痛。

"等一等,"格林德尔说,"我还有一个主意更妙,让他帮我们把船划到捕船那儿去。刀子先别扎进去,只要他敢喊,就给他一刀。嘿,小子,你听着,我要把手从你的嘴巴上拿开了。只要你敢哼一声,就要你的命,听明白了吗?"

罗杰用力点了点头。

捂在他嘴巴上的大手挪开了。格林德尔把他推到舢板跟前。布拉德紧跟着,他的刀尖抵在罗杰背上。

"你给我当心点儿,别弄出声来,"格林德尔命令道,"别让舵房里的人看见。"

舢板吊在吊艇架上,那是一条杉木小船,大小只有捕鲸艇的一半。两个大个子和罗杰爬上舢板。辘绳松开了,舢板慢慢地悄没声儿地放到海上。

海面很平静,风停了,大船几乎纹丝不动,舢板也不摇晃颠簸——万籁俱寂。格林德尔以为自己可以逃之夭夭了,他暗暗高兴。

"解缆!"他低声说。

解开缆绳,舢板漂在水上。罗杰弯下腰去摸船桨,他的手碰到那个塞子⋯⋯

22 船长几乎逃之夭夭

大船上的每条小船船底都有一个直径约为 5 厘米的圆洞,那是一个出水洞而不是进水洞。洞口用一个圆木塞堵着,木塞就像一个大瓶子的盖子。海水涌进小船,人们就把它舀出去,但用这种办法不可能把水舀干净,所以,当小船回到大船上,往吊艇架上挂时,人们就把木塞拔掉,让剩下的水流走,然后,再用木塞把洞口堵上。

罗杰假装还在摸船桨,他的手指却在迅速地把木塞弄松。最后,他把塞子一拧一拽,终于把它从小洞里拔了出来,偷偷装进裤子口袋里。然后,他解下船桨准备划船。

水从小洞哗哗地涌进小船。罗杰可以感觉到水已经淹到了脚脖。

"这他娘的是什么东西!"格林德尔用沙哑的声音低声说,"哪儿来的水?该死的舱面水手,他们准又忘了塞上塞子了。赶紧找,快!"

他和布拉德蹲在船底到处乱摸,想找到那失踪的塞子。罗杰抓起一只皮桶,假装舀水。舢板已经灌了半舱水。

两个坏家伙在舢板的横座板之间爬来爬去,这就免不了要弄出很大的响声。他们一会儿绊着船桨,一会儿又碰在船具上。罗杰听到大船甲板上的奔跑声,不一会儿,又听到舵手在喊二副起来。

这时,舢板已经灌满了水。船慢慢地翻了,把船上的人全都倒进海里。他们紧紧地抱着那条翻了的小船。格林德尔顽固地闭着嘴,布拉德却在拼命大喊大叫。

"救命!救命!救命呀!"

22 船长几乎逃之夭夭

大船慢慢地驶过去,很快就会把他们撇在后头,撇在死一般寂静的茫茫大海里。布拉德又大叫了一声。

大船甲板上传来一阵嘈杂声。人们在奔跑,在喊叫。一条捕鲸艇放落在水面上。

"什么方向?"一个声音问。

"在这里!"布拉德尖声大叫。

格林德尔傲慢地沉默着。他一直沉默着。但是,他忽然觉得什么东西在轻轻地碰他的脚指尖。鲨鱼?他的傲气转眼烟消云散,他再也憋不住了,声嘶力竭地大叫救命。他手舞足蹈,号啕大叫,活像吓得发了疯。

罗杰带着狡黠的微笑看着他,轻轻地碰他的脚指尖的不是鲨鱼,而是罗杰。罗杰又戳了他一下。那个一贯横行霸道的大块头又恐怖地号叫起来。这时候,只要能让他返回他那间安全的小牢笼里,格林德尔一定会非常高兴。

他开始抽泣,接着,又号啕大哭,活像一个生长过快的巨型婴儿。

罗杰这回可把他看透了,这条"硬汉"实际上外强中干,徒有吓人的外表。他越来越透彻地看清了格林德尔的真面目——他只不过是一个色厉内荏的懦夫。

捕鲸艇划到他们旁边,把三个人全都拉上了船。舢板系在捕鲸艇后头,拖回大船。

"刚才是谁在那儿又哭又闹?"二副问。

"是这个小家伙,"格林德尔说,"他吓昏了头。"

罗杰张开嘴想说什么,但终于还是决定什么也不说。

格林德尔企图编出一个弥天大谎。

"我们遭到鲨鱼袭击,"他说,"准有整整一打鲨鱼。我就这么赤手空拳地把它们赶走了。我揍它们,正好揍在它们的鼻子上,你知道,那是鲨鱼最敏感的部位——鼻子那儿。这两个家伙太走运了,有我跟他们在一起。"

二副可不会上他的当,"故事编得太好了,好得不像是真的。"他讥讽地说。

上了甲板,格林德尔被押回他的牢笼。

"不,你们不能把我再关进那儿,"格林德尔抗议道,"不能!我救了两个人的命!"

"不但要关你,"二副说,"还有布拉德。"他转身对罗杰说:"恐怕还有你。"

"为什么?"

"开小差。还有,帮囚犯潜逃。真想不到你竟会那样干,小东西。"

"请让我把事情的前前后后都告诉你,好吗?"

"好,不过,你得说得合情合理,把故事编圆喽。"

"我看见布拉德打开禁闭室的锁,把船长放出来。我打算去找你,但他们抓住了我。他们逼我帮他们划船。我把木塞拔了出来,舢板就灌满了水。"

格林德尔大笑,"小坏蛋——他在想办法逃脱罪责呢。还是让我来把真相告诉你吧。从一开头起这小东西跟我们就是一伙的。是他溜下去拿钥匙把我放出来的。"

"那么!他是怎么处置那把钥匙的呢?"二副追问。

22 船长几乎逃之夭夭

"我不知道——我猜,他放在他的口袋里了。"

"搜他们的身。"二副对吉姆逊说。

不等吉姆逊动手,人们就发现布拉德把口袋里的什么东西扔了出去。他原打算把它扔进海里,但它碰在栏杆上,弹回来落在甲板上。二副把它捡起来,那正是禁闭室的钥匙。

"好啦,禁闭室的锁是谁打开的,我们完全清楚了。"二副对罗杰说,"但是,这还不足以证明你跟他们不是一伙的。你怎么能证明,是你拔掉了木塞,设法阻止他们逃跑?"

"他证明不了,"格林德尔轻蔑地哼了一声说,"关于木塞,我全都可以告诉你。刚才我忘了——现在记起来了。昨天,是我亲手把它从那条舢板底拔掉的。我把它放在我房间里了。"

"你干吗要把它拔掉呢?"

"我有我的道理。船上有人图谋不轨,我怀疑有人打算抢那条舢板逃跑。所以,我把塞子藏起来。这一下,你该相信了吧?"

"这讲得是有道理,"二副表示同意,他又对罗杰说,"朋友,这对你可是大大的不利呀。你声称自己是忠实于我们的——说是为了阻止这两个家伙逃跑,你拔掉了木塞。船长却说是他亲手把它拔掉拿下去,然后,又把这事给忘了。我们是不是得搜查他的房间,看看你们俩谁编的故事更真实可信?"

"我想用不着,"罗杰说着,从裤子口袋里掏出木塞放在二副手上。

格林德尔惊讶得眼珠都几乎掉出来。水手们齐声欢呼。他们喜欢这孩子,很高兴他能证明自己的清白。二副拍拍他的肩膀,"好哇,我的孩子,太好了!"他慨叹道,"你不是小孩,你跟这条船上任何一个男子汉一样能干。要不是你,这两个败类就已经逃之夭夭了。对了,今天的晚餐有柠檬馅儿饼。到厨房去自己切一大块吧。告诉厨子是我叫你去的。至于你们俩嘛,"他对格林德尔和布拉德说:"既然你们俩这么喜欢待在一块儿,我就成全你们。慢慢儿共度好时光去吧。进去,两个都进去。"他把他们推进禁闭室,锁上门。

这一回,派了一个比较可靠的人站岗看守,他是大个子鱼叉手吉姆逊。

23
一条鲸能把船弄沉吗

"喷了!背风方向发现鲸!"第二天傍晚,前桅上的瞭望哨喊道。

"喷了!迎风方向3度!"主桅上的瞭望哨也在喊。

"背风方向,又一条!"第一位瞭望哨又喊。

"正前方,两条!"第二位又宣布。

"鲸!十好几条啊!它们成群结队过来了!"

"鲸!鲸!鲸!"

二副迅速爬上主桅杆上的瞭望台。眼前的景象蔚为壮观。船的正前方和两旁,银色的喷泉直冲蓝天。在波涛当中,至少有一打鲸在喷射雾柱。

它们的行动不像一般的鲸群。这一群鲸不是一个家族,它们不像那种鲸群那样从容尊贵。从它们喷射的气柱可以看出,它们都是成年的鲸,而且很可能都是公鲸。

它们从水里飞身跃起,直蹿入高空,就像黑色的流星。它们在浪巅上像拱桥似的弓起身子。

它们把尾巴高高地甩往空中,又落下来抽打在水面上,发出震耳的巨响。

这是疯狂的一群。

它们似乎已经盯上了大船,正朝它逼近——成群结队地朝它冲去,正如瞭望员所说的一样。

"一群横冲直撞的公鲸!"二副嘟哝道,"但愿它们别来招惹我们。"

甲板上,斯科特先生正用望远镜观看鲸。哈尔和罗杰站在他身旁。

"你看它们怎么样?"哈尔问。

"是一帮单身汉在寻欢作乐,"斯科特说,"鲸像人一样。有时候,它们会撇下女士和孩子们自己胡闹一番。它们的头目可能是未成家的年轻公鲸,也可能是失去妻儿的年老公鲸。有时候,首领是那些被鱼叉或捕鲸枪刺中受了伤的鲸。伤口的折磨使它们格外暴戾危险。老鲸或受伤的鲸通常会离群单独行动。但当它们这样聚成一伙的时候,可就不好对付了。这跟人一样。一个小无赖或坏小子可能没那么大的胆,但十来个坏小子纠集在一块儿,他们就无法无天了。"

"二副干吗不下令放捕鲸艇?"

"太晚了。太阳已经落山,15 分钟后天就黑了。大白天划船闯进这帮暴徒当中已经够危险了,晚上这样干可就是找死了。我们得等到天亮。"

"不等天亮,它们就离我们远远的了。"

"我怀疑这一点,它们正在朝我们靠近呢。看来,它们对我们这条船很感兴趣。它们完全可能一直跟着我们,这可不怎么好玩儿哟。"

"为什么不?"罗杰问,"我想,看它们在船的周围嬉戏一定很有意思。"

23 一条鲸能把船弄沉吗

斯科特笑着摇了摇头:"它们可能会玩得很粗鲁啊。"

"可我们还是够安全的吧?"罗杰说,"它们又不能拿这艘船怎么样。"

"但愿不能。"斯科特怀疑地说。

天全黑了,什么也看不见了。二副和瞭望员都从瞭望台上下来了。二副德金斯和他手下的人站在栏杆旁侧耳聆听。

这时,鲸已经包围了捕鲸船。它们喷射的气柱像火箭似的疾飞。

"别让那些气柱喷着,"二副警告道,"你们会中毒的。"

哈尔已经有过这样的教训。当鲸游近捕鲸船时,大多数人都小心地往后退。只有一位水手受好奇心的驱使,在一条鲸喷射时,低头去看它的头。鲸喷射的水汽废气直射在他的脸上。他半瞎着眼摸回水手舱,双眼罩着上了药的敷布躺在床上。

鲸非常多嘴多舌。无论是在下潜,还是在水面上蹿来蹿去猛烈翻腾时,它们都在不停地发出声音。它们时而像犀牛似的打呼噜,时而像大象一般嘶叫,时而又像野牛一样怒吼。哈尔想起那条驮着他在海上游了那么远的大公鲸,想起它饱受折磨时所发出的痛苦呻吟。可是,他无论如何也没想到,这种巨怪竟能发出这么多不同的声音。

这群鲸显然处在高度兴奋的状态。它们逗弄这艘船逗得可开心了。也许,它们本能地知道,船上的人已经被它们吓坏了。

鲸从船的这一边一猛子扎下去,又从另一边冒出来。一条鲸一蹿老高,它那巨箱似的头完全露在甲板之上。它的脑壳比包装一架豪华型钢琴的板条箱子大一倍。它扑通一声蹿回水里,把海面拍得震天响，溅起的水花把甲板上的人都浇成了落汤鸡。

一条鲸一心要去撞船舵。它来势凶猛，舵工抓不住舵盘，舵自己旋转起来。幸好这条淘气的鲸在船上的操舵装置被彻底毁掉之前，就玩腻了这种游戏。

前头传来噼噼啪啪的爆裂声，接着，是轰隆的坍塌声。

"第一斜桅完了！"二副惊叫道。

他赶到船前去察看。第一斜桅已经无影无踪，很可能被一条巨公鲸的尾巴给扫到海里去了。船艏斜桅帆、三角帆，还有支索帆原先都牢牢地固定在第一斜桅上，如今，全都成了在空中飘舞的破布片。

一条巨鲸从船底往上冲。船被顶起足有一米多高，然后又落下来。桅杆在震动，发出断裂的响声，帆在颤抖。船上的人重重地跌坐在甲板上。厨房传来哗啦一声巨响，原来挂在墙上的铁锅全都掉下来，砸在那位惊呆了的厨子身上。

"如果它们这是在玩儿，"二副说，"我只希望它们千万别认真起来。去年，一条鲸把我们船上的两条外板撞断了。幸好当时我们离岸已经很近，就这么着，等我们返回港口时，那条三桅帆船已经灌了半舱水了。"

"不管怎么说，一条鲸不可能把一艘大船弄沉，对吧？"罗杰问。

"不但可能，而且确实经常把大船弄沉。'伊萨克斯号'就是一个例证。一条大抹香鲸迎头撞在'伊萨克斯号'的前锚链上，船马上爆裂开一道很宽的口子，水泵也不顶用。船员们只有10分钟弃船逃命，他们分别爬上三条小船。一条小船失踪了，另一

23 一条鲸能把船弄沉吗

条到了智利,还有一条在一个荒无人烟的岛上登陆。船上的人依靠鸟蛋维持生命,直到5个月后才获救。"

"多么神奇的经历啊!"哈尔说。

"嗨,像这样的例子多着呢。一条鲸狠狠地把一条秘鲁小帆船撞了一下,把水手们从吊床上震掉下来,船长也从船长室里被摔了出来。人人都以为船触礁了。他们测了一下水深,却发现水很深,并无礁石。这时,那条鲸又游回来了,它要把活儿干完。这一次,它把帆船的船壳撞裂了,裂口正好在内龙骨上,船终于被撞沉了。

"还有,你们可能听说过'安・亚历山大号'吧。他们用捕鲸枪扎伤了一条鲸。那条鲸往与前桅杆平行的地方狠狠地撞了一下。仅仅这一下就足够了。水手们刚刚来得及连滚带爬地上了救生艇,从那儿划开,船就沉没了。"

二副的话被一条鲸粗暴地打断了。它从碧波中伸出头来,说了声"伦姆——啪!"接着,又潜进水里。德金斯继续说下去。

"另一个例子是帕克・库克号。一条发了狂的鲸往船上撞了三次,船就被撞得粉碎。还有'波卡霍特斯号'。那条船的船长只有28岁,这对于一位船长来说是相当年轻的。所以,船员们都管他叫小船长。他很精明。他的船被一条鲸撞破后,他让抽水机以每小时250下的速度不停地抽水,然后,让船朝最近的一个海港驶去。那海港就是里约热内卢,船当时离港1200多千米。不过,那位小船长最终还是把船驶到了里约热内卢。"

"总是抹香鲸把船弄沉吗?"罗杰好奇地问。

"啊,不。长须鲸也曾撞穿过一条30多米长的船。那是'丹尼斯·盖尔号'。它是在加利福尼亚州的尤里卡港沿海被撞沉的。1950年，就在那一带的海岸，一艘大型游艇'琳达姑娘号'被一条蓝鲸撞得粉碎。"

"我猜，"哈尔说，"那些船全都是木船。要是钢壳船，鲸就没办法了吧？"

"关于这个，我可以再给你讲一个例子，"斯科特说，"不久前，一艘钢壳的汽轮被一条座头鲸撞上了，鲸挤裂了船壳的钢板。裂口正好在船侧的煤舱那儿。水涌进船里，锅炉的火灭了。5分钟后，船就沉没了。"

看到孩子脸上惊愕的表情，他笑了笑，又继续讲下去。

"伟大的探险家罗伊·查普曼·安德鲁斯，相信你们听说过吧？我们博物馆的前任馆长。他对鲸进行过一番研究，也就是我现在进行的研究。他的轮船也曾几乎被一条大抹香鲸撞沉。不过，当鲸撞在螺旋桨上时，桨叶把它鼻子上的一层鲸脂刮了下来，这使它对大轮船失掉了热情。

"我再给你们讲一个例子，以便你们对鲸的力量稍有了解——安德鲁斯博士谈到过一条大蓝鳁鲸。他们用粗鱼丝钩到了那条蓝鳁鲸。鲸拖着船，以每小时11千米的速度往前疾驰，与此同时，大轮船的轮机正让船全速后退！蓝鳁鲸与轮机对着干，一直把船拖了48千米。

"他还谈到过一条长须鲸。那条鲸撞破一条轮船的钢船壳就跟撞破鸡蛋壳一样。那条船的船体侧面被撞破，很快就沉没了，船员们几乎都来不及把吊艇架上的救生艇翻过来。"

"当然，"期科特又说，"远洋巨轮或货轮就比较安全。但是，

23 一条鲸能把船弄沉吗

安德鲁斯在他的报告中,也提到过很多三四百吨的轮船被鲸撞沉的例子。"

哈尔的眼睛在"杀人鲸号"上溜来溜去。这艘船的吨位离300吨远着呢,而且船体上又没有钢板。

"你把孩子吓坏了。"德金斯说。

"我想不会,"斯科特说,"他们没那么容易被吓坏。不过,依我看,我们今晚上不会有什么危险。这帮无赖只不过在玩儿罢了。你们又没有伤害它们。明天早上,你们打算怎么办呢?这帮家伙如此凶猛,你们的鱼叉只要扎伤它们当中的一条,那可就闯大祸了。"

"你说的可能是对的,"德金斯说,"但我们还是得冒这个风险。不管怎么说,我们的营生就是捕鲸。那些鲸能炼出很多很多鲸油,所以,不管是福是祸,我们还是得追捕它们。"

24

"杀人鲸号"沉没

那天晚上,捕鲸船上谁都睡不踏实。

那帮淘气的鲸通宵达旦地狂欢。它们喷鼻,尖叫,狂啸,活像林莽中的野兽。它们喷射气柱的声音像蒸汽机在喷气,又像蒸汽机车在减压。

躺在床上的水手刚要蒙眬入睡,一条庞然大物就撞在船上,把他们震醒。有时,一条巨鲸背擦着船龙骨游过,发出令人惊骇的摩擦声。船体就像走在坑坑洼洼的公路上的四轮马车,在剧烈地摇晃颠簸。船骨在猛烈的挤压碰撞下嘎吱作响。靴子在地板上蹦跶,仿佛隐身水手正穿着它们狂舞。鲸油灯也在晃荡颤抖。

罗杰听到一条鲸以骇人的速度朝捕鲸船猛冲,他一骨碌从床上坐起来,眼睛瞪得老大。他等着鲸一头把船龙骨撞碎。

但那条调皮捣蛋的大家伙只不过在寻开心。它只是漫不经心地在船舷上沿碰了一下,并没有一头撞在船骨上。它想必在最后一刹那改变了主意,把头抬起来了。它那沉重的身体撞在船舷上,只听得一阵噼噼啪啪的碎裂声。罗杰听到哈尔在下铺上嘟哝:

"这鲸挨得可真近啊!"

罗杰又躺下来。他用衬衫把两只耳朵全捂住,竭力让自己入睡。

24 "杀人鲸号"沉没

黎明时分，甲板上传来一声呼唤："全体上甲板！"

通常，这样一声呼唤总要引起睡眼惺忪的水手们同声抱怨。这一次却没一个人吭声。人人都迫不及待，都想给那帮吵了他们一夜的来访者一点儿厉害瞧瞧。两分钟后，所有的人都上了甲板。厨子把咖啡和硬饼干分给大家。

鲸群正在离船约400米的地方兴高采烈地玩着一种大型跳背游戏。它们嬉闹着，欢快地从相互的背上跃过，在空中划出优美的弧线。

"上捕鲸艇，各就各位！"二副命令道，"放艇！"

捕鲸船上装备了4条捕鲸艇和一条舢板。一条捕鲸艇已经毁了。水手们把剩下的3条放下水去，解开缆绳从"杀人鲸号"划开。

哈尔坐在二副那条小船的船头，这是他第一次当鱼叉手。斯科特带着他的摄影机坐在第二条捕鲸艇上。而罗杰则在第三只艇上。水手们都使劲儿划，不管哪条船都想抢先划到鲸群中。

在激动人心的追猎中，没有人顾及危险。这次追捕鲸可不同寻常，他们即将追猎的是一大伙暴徒，世界上最大的一伙暴徒。到目前为止，这一伙暴徒还只不过是在顽皮嬉戏。但是，那冰冷的铁利刃一旦扎进它们的身体，它们会怎么样呢？只要那些居住在遥远的城市里的男女老幼需要鲸所提供的那些物品，捕鲸人就得冒这样的风险。

"我们一定能成功！"二副喊道，"使劲儿划呀！把全身的劲儿都使出来呀！再划三下！"

他的船最先冲入鲸群。他紧紧抱住方向舵，把小船驶到最大的一条公鲸旁边。

"好啦，亨特！动手吧！"

哈尔扔下前桨，抓起鱼叉站起来。他的双腿站立不稳，决心也还没有下定。他希望自己在首次执行这一任务时马到成功，但他又从心底里不愿意捕杀鲸。他咬着牙，高高地举起鱼叉，等着小船滑到巨鲸的脖子那儿。

"掷吧！"德金斯大喊。

仿佛在噩梦中，哈尔只觉得自己的胳膊向前一抡，鱼叉脱手而出，整个儿扎进了鲸的脖子。

"好极了！"德金斯大声喊，"后退！"

头天晚上，捕鲸船曾被鲸冲撞得剧烈地颤抖，眼下，这条巨鲸也在剧烈地颤抖。它的黑皮肤从头到尾抖动着，像起伏的涟漪。看样子，它感到诧异，谁在撞它呢？船上的人心惊胆战地等待着。也许，它会突然拖着小船疾驰，那样，小船上的人又将再次乘坐"鲸拖飞艇"了。也许，它会拖着小船潜入水下300多米。

可是，大公鲸似乎并不打算逃跑。它变换了一下角度，以便能看清是什么东西骚扰了它。然后，它张开巨口朝小船直扑过去。

"跳水！"二副喊道。

水手们纷纷翻进水里。鲸咬住小船的船头。鲸的巨口可以绰绰有余地装下一条6米多长的小船。这条巨鲸全身长27米多，其中的9米多是头部。鲸当中，抹香鲸的头最长，占身体总长的1/3。

所以，当鲸的牙齿咬在小船艉上，船头还远远够不着它的咽

24 "杀人鲸号"沉没

喉呢。跳进水里的人潜入水下1米多深，再次浮上水面四处一看时，他们全惊呆了。

"小船上哪儿去了？"

小船无影无踪——水面上连一支桨也看不到。

这时，巨鲸把那颗硕大无比的头抬起来。那颗状如箱子的头大得像一辆大篷车。它张开嘴巴，舌头往外一伸，吐出一些碎木片，仅仅10秒钟之前，这些碎木片还是一条完整的捕鲸艇呢。

水手们紧紧抱住这些木片，提心吊胆地看着那些巨大的黑家伙把他们四周的海水搅得白沫翻飞。

他们见惯了那种一遇危险就溜的鲸。可眼前这些鲸却一点儿逃走的意思都没有。相反，它们似乎已经做好发动进攻的准备。

它们围着那些浮在水面上的人打转转，牙齿咬得啪啪响，尾巴不断扑腾着，把海面搅得白浪滔天。

水里的人在寻找另外两条小船。它们当中准有一条会来营救他们。

可是，跟他们一样，另外两条船也在危难中。在三副的捕鲸艇上，大个子鱼叉手吉姆逊一叉命中鲸的要害。被鱼叉击中的鲸朝它的敌人发起猛攻。它潜进水里，然后，在船底下冲上来，把小船掀到6米多高的空中。

霎时间，小船上的人从6米多的高空被抛出来，在空中飞舞着胳膊大腿，而后落入大海。接着，大公鲸又狂怒地用尾巴把小船抽得粉碎。

大公鲸游走了。但转眼间它又卷土重来，把漂在水面上的木头嘎吱嘎吱地嚼成碎片。

149

剩下的最后一条小船划过来打捞幸存者。那帮巨公鲸大发雷霆，它们不断地围着水手们转圈儿。幸亏吉星高照，所有的人都得救了。

3条小船的人都坐在一条小船上，这条船自然很挤，继续追捕鲸根本就不可能了。小船艰难缓慢地朝大船划去，由于满载，小船的吃水线离船舷边只有两三厘米。被惹恼了的鲸一直跟在船边。它们的尾鳍拍击着水面，溅起高高的水花。它们一次又一次潜下船底，小船上的人屏住呼吸，等着再次被掀上高空。

他们总算回到大船的甲板上了，那条形单影只的捕鲸艇也已晃晃荡荡地挂在吊艇架上。水手们终于能宽慰地松一口气了。

可惜好景不长。鲸们没有游走，相反，它们开始威胁"杀人鲸号"。它们围着船，怒气冲冲地游了一圈又一圈，尾巴甩来甩去，擦着龙骨，把船身抽得震天响。

"迎风扬帆！"二副下令，"咱们离开这儿，快！"

帆鼓满了风，船在前进。对于一条三桅帆船来说，"杀人鲸号"行驶的速度已经够快的了，但仍然不够。以它每小时18千米的航速是不足以摆脱它的敌人的，鲸每小时能轻而易举地游36千米多呢。突然，船艉传来什么东西碎裂的声音。转动舵盘通常是要费点儿力气的，可现在，它却在舵手的手里缓缓空转起来。三副布朗跑到船艉去看什么东西被毁坏了。

"方向舵！"他惊叫起来，"它没了。有条鲸把它给咬掉了，这帮畜生！"

没有了方向舵，船就偏离航向了。船帆噼噼啪啪地打在桅杆上，帆桁猛烈地敲击着桅杆。"杀人鲸号"只能随风漂荡，在浪

24 "杀人鲸号"沉没

涛中缓慢地不死不活地摇晃。

这时,它仿佛成了釜底游鱼,只能任凭那群海中强盗摆布。余下的问题只是,哪一条鲸将给它以最后一击。

抹香鲸的前额陡峭笔直,就像一道悬崖。它像生铁一样坚硬粗糙。有人把它比作坚硬的马蹄铁,鱼叉和捕鲸枪休想在抹香鲸的前额扎出凹痕。抹香鲸的眼睛和耳朵长在前额后面,这样,即使鲸决定把它的头当攻城锤用,也伤不着它们。当10多个这样的黑色巨额威胁着捕鲸船时,水手们紧张地干着手中的活儿,不时用眼角瞟瞟,留神着它们的动静。木匠和几个水手正试着给船安装一个应急方向舵。二副对捕鲸船的危险处境非常清楚,他下令在捕鲸艇上贮备食物和水。

为什么捕鲸艇原先没贮备给养呢?为什么捕鲸艇不能总贮备着食物和水以备不时之需呢?

原因很简单,捕鲸艇是与鲸搏斗用的,不是用来贮藏给养的。捕鲸艇上既没有小舱也没有柜子。箱子匣子碍手碍脚,它们的重量会降低捕鲸艇的速度。捕鲸艇一旦翻了,给养就全泡汤了。

即使没有食物和水,捕鲸艇已经够重的了。它不但得装上所有的船员,还得装上桨、桅杆、帆、鱼叉、捕鲸枪、舀水的皮桶、装绳索的木桶,还有500多米长的粗绳。

但是,捕鲸艇现在不是用来与鲸搏斗,而是用来逃命。所以,水手们把鱼叉、捕鲸枪和装绳索的桶都拿出去,把口粮装上船。被指派干这活儿的水手匆忙到供应室去,把大桶大桶的腌肉和一听一听的饼干翻出来。

甲板上传来一声惊呼打断了他们的工作。接着，他们听到船骨断裂的可怕咔嚓声。海水轰隆隆地涌进供应室，里面的人连忙扔下手中的活，奔上甲板，仓皇逃命。

给"杀人鲸号"以毁灭性一击的是哈尔用鱼叉扎中的那条27米多长的鲸。甲板上的人眼睁睁地看着它朝他们的船冲过来，却束手无策。它破浪而来，激起的浪花犹如10多股喷泉，疯狂甩动着的尾巴在身后搅起一溜白沫。它的半截子头露在水面，疾驰的速度令人震惊。它的意图很明显，鱼叉扎伤了它，创口的剧痛使它发狂。它非要摧毁这个漂浮的敌人不可，必要的话，即使把自己的脑壳撞个粉碎，它也在所不惜。

它一头撞在捕鲸艇迎风那面的锚架后头，船艏右舷被撞破了。然后，它静静地漂在水上，似乎撞得有点儿晕。不过，它一点儿也没受伤。它的左眼愤怒地死盯着"杀人鲸号"，看样子，如果必要的话，它很愿意而且也能够再狠狠撞它一下。

但是，已经没有这个必要了。船正在下沉。德金斯不顾一切，竭尽全力要挽救它。

"开动所有的水泵！木匠——别管那个方向舵了！下去，看你能不能把那个洞补上。"

他倒不如呼唤月球上的人来帮忙。木匠和他手下的人刚下了一半升降梯，海水就汹涌而上，把他们冲回甲板。

水泵根本不顶用。船头先逐渐沉下去。船头已经没入水中。几个水手想到下面的水手舱去拿几件随身的物品，不料，水手舱从底到顶已经灌满了水。

海水一阵接一阵地涌进船里，船震颤着，仿佛为了即将降临的命运而恐惧，正在祈求它的船员们拯救它。大公鲸一直待在船边监视着，鱼叉仍然竖在它的脖子上。它咧着巨大的嘴巴，露出讥讽的狞笑。

桅杆倾斜着往前倒下，最后一次向无情的大海鞠躬致敬。浪涛犹如大海伸出的手指，触摸着船帆，帆颤抖着。到这时，船的最后覆没只是早晚的事儿了。

没有一位船长会愿意失去他的船，哪怕从职位上说他只不过是二副。德金斯感觉得到他的船正在痛苦地挣扎，它在颤抖，在震悚。他自己的内心也一样痛苦。正是怀着这样的痛苦，他大声发出了命令：

"离船！上艇！"

船员们急忙拥上唯一的一条捕鲸艇和一条舢板。

两条小船一转眼就坐满了。不一会儿，小船已经落在海面上，解开了缆绳。

"划走！"德金斯命令道，"我们必须划得远远的，不然，它沉没时会连我们一起吸下去的。"

甲板上有人在狂叫。谁还留在船上？是关在禁闭室里的船长和布拉德。刚才事儿一大堆，水手们在忙乱中把他们忘得一干二净。如果不管他们，他们就会像关在笼子里的老鼠一样被淹死。

"让他们沉下去！"布鲁谢尔高声说。

"他们活该！"又一个人说。

"未经审判我们不能撇下他们，"德金斯说，"吉姆逊，你有禁闭室的钥匙，回去把他们带过来。"

"我不，"吉姆逊说，"他们不值得我这样做。再说，时间也来不及了。不等我把他们放出来,船就会沉的。"

"那样的话,你也得跟着一起沉下去,"德金斯表示同意,"所以,我不能命令你这样做。有自愿的吗?"

沉默。看来,没一个人愿意去。正在这时,哈尔开口了。

"我去。吉姆逊,把钥匙给我。"

"你这个傻瓜。"吉姆逊说着,把钥匙递给他。

小船划到大船旁边。大船已经有一半沉在水里,哈尔一步就从捕鲸艇跨上了甲板,急忙往禁闭室奔。这时候的禁闭室看上去比平时更像囚禁野兽的铁笼,因为关在笼里的那两个人恐慌万状,几乎发疯。

"你们竟敢撇下我们,让我们淹死!"格林德尔尖叫着,"为了这个,我非把你们给宰了不可。"

甲板和囚笼已经泡在没膝的水里。哈尔打开门锁。两个被释放的囚犯连谢谢都懒得说一声,就直奔船舷边,爬上小船。哈尔跟着也上了船。

两条小船刚划开,大船就发出一声深沉的叹息,整艘船从头到尾都颤动着,船头朝下沉入海里。

船沉没得很慢,船帆一面接一面地在水中消失,前桅沉下去了。主桅上的瞭望台也没入水中,罗杰曾在这个瞭望台上当过瞭望员。后桅挣扎着竖起来,但波浪伸出臂膀搂住了它,终于把它拉下水去。

整条船都不见了,只有船艉还像一只红肿发炎的大拇指竖在那里,方向舵早就被鲸咬掉了,舵杆这时也散了架。人们最后看到的是这艘捕鲸船的船名以及它的船籍港名。

24 "杀人鲸号"沉没

汹涌的波涛淹没了那些油漆的字,水面上只剩下一个巨大的缓缓转动的旋涡,旋涡中央是一个凹陷的深坑,坑里传来一阵深呼吸的声音。水不再转动,沉船的地方恢复了平静,看上去跟洋面上其他任何地方没什么两样。大海一眨眼就忘了,这儿曾经有过一艘从圣赫勒拿来的叫作"杀人鲸号"的三桅帆船。

25

漂泊

大海忽然变得非常辽阔,空空荡荡,无边无垠。

遇难的人们在小船上举目四顾,海上连一片帆影一缕白烟也看不到。浩瀚的大海一直绵延到天际,看不见加工船,也看不见加工船的捕船,连鲸也都销声匿迹。

几个水手还在痴痴呆呆地凝视着"杀人鲸号"沉没的地方,仿佛在期待着那艘船会在他们眼前再次浮上来。

二副点了点人数。舢板上有5名船员。本来,舢板上只能坐一个人,顶多两个。它只有3.6米长,是给油漆工、木匠或信差在港湾内上岸时用的。此刻,舢板吃水很深,很危险。海水不断地溅进船里,舀水的人忙个不停。

捕鲸艇上挤了18个人——而这条船本来只能坐6个人。人们肩挨肩地站着,挤得无法架桨划船。他们茫无头绪,不知所措地站着。什么也不干,也不知道能干些什么。

"至少,我们可以把帆挂起来。"二副说。

帆艰难地升起来了。人们给舢板扔了根绳,捕鲸艇拉着舢板开始在起伏的波涛中缓缓移动。

格林德尔船长在发牢骚:"踩着我的脚趾了。别挤。嘿,你的胳膊怎么老顶在我的肋骨上呀。记住,我还是船长,我可不乐意像一个普通水手那样给人挤。"

25 漂泊

"别怨天尤人了，"二副厉声说，"别忘了，要不是哈尔回大船上去救你们，你们现在已经沉到海底了。"

"亨特不值一谢，"船长反驳道，"他那样干只不过是故作潇洒，只不过想使自己显得高大，使我显得渺小罢了。我可不吃这一套。为了这个，我一定要让他吃苦头。"

二副惊讶地望着他，一句话也说不出来。一个人对自己的救命恩人怎能如此忘恩负义？哈尔·亨特救了一个最险恶的敌人。二副深信他那样干绝不是故作"潇洒"。他那样干，是因为这活儿总得有人干。你总不能眼巴巴看着一个人被淹死而袖手旁观，哪怕他罪有应得。如果格林德尔还是个人，他就该为此感激哈尔。他不是人。

"你是只下作的老鼠，"二副说，"早知如此，该让你跟那条船一块儿沉下去。"

"别这么耀武扬威，"格林德尔怒冲冲地打断他的话，"现在可不是我被关在禁闭室那会儿。我要夺回这两条船的指挥权。我是船长，你得服从我的命令。"

德金斯微微一笑，没有回答。格林德尔更火了。

"你觉得这很好玩。我想你一定觉得把我的船弄没了挺好玩，是吗？这完全是你的错，完全因为你的疏忽，你的愚蠢。要是我，就能拯救我的船。"

"怎么个救法？"德金斯问。

格林德尔避而不答。"现在先别管这个了。现在的问题是要带大家逃命。这一点，只有我能做到。一个半瓶子醋二副是不可能做到的。瞧瞧你现在这副模样——你甚至连该上哪儿去都不知道。"

德金斯没有回答,他忧心忡忡地皱起了眉头。几个船员焦急地望着他。主鱼叉手吉姆逊壮着胆子说:"对不起,德金斯先生阁下,请问,我们在朝哪儿划?"

"我不知道,"德金斯老老实实地回答,"我只是尽可能一直朝南划。我们早晚会看到一个法属的岛屿——比如说,塔希提、博拉博拉,或土阿莫土群岛当中的一个。"

格林德尔哼了一声,"可见对这个你懂得太少。这些岛离我们这儿至少有 800 多千米。我们的船严重超载,加上逆风,一天能走 16 千米就不错了,那就得 50 天。我们怎么熬得了 50 天?我们连一丁点儿食物、一滴水都没有。10 天之内,这两条船上所有的人,即使不死也会发疯。"

人群纷纷低声表示同意。

"说得对,"布鲁谢尔说,"那老家伙说得很有道理。"

德金斯觉察到船员们的不安情绪。

"伙计们,"他说,"我并不是非要干这份差事不可。如果你们愿意让船长代替我,你们就言语一声。不过,别相信他的那些数字。我们离那些岛屿根本不到 800 千米,我们一天也远不止走 16 千米。是的,我们没有食物,但我们可以钓鱼吃。要是下雨,我们就有饮用水了。有些小船就曾经在海上连续漂泊 6 个月。我们可能会也可能不会到达那些岛屿。但是,也许明天我们就会被一艘大船救上去。我们得碰碰运气。如果你们觉得跟着格林德尔成功的希望更大,你们可以自己决定。干吗不来表决一下?"

三副开口了。

25 漂泊

"二副已经正大光明地让你们做出决定,"他说,"你们很清楚,格林德尔一向是怎样对待你们的。如果你们愿意恢复那种境况,就举手选他吧。选格林德尔,有多少人举手?"

布拉德迟迟疑疑地举起了手。

"选二副的呢?"

船员们全都举起了手,他们齐声为二副欢呼。格林德尔咕哝着,抱怨着,恶毒地威胁说要把船上的每一个人都绞死。

时间一小时一小时慢吞吞地过去。格林德尔推开挨着他的人,在一块座板上坐下来。一个人坐着当然比站着占的位置多,但格林德尔是绝不会为别人的舒适着想的。

夜幕降临,船上的人再也站不住了。他们纷纷颓然倒在座板或船底,你压着我、我压着你地躺下来,甚至三个人摞在一块儿。在这种情况下,夹在中间的那个人最走运,因为有躺在他身下和压在他身上的两个人的体温暖和着他。

海水不停地涌进两条超载的小船,水花把船上的人都浇成了落汤鸡,刺骨的夜风吹透了他们的湿衣裳。

水手们多么欢迎那初升的太阳啊!阳光照在冷得直打哆嗦的肉体上,射进冻僵的骨头里,多么温暖惬意!

但是,太阳越升越高,天气越来越热,赤道阳光灼人的烈焰烤炙着无遮无盖的身体。人们渴得嗓子眼儿直冒烟儿。

一艘船也看不见。他们见过的唯一的一条鱼是一条双髻鲨。那鱼一直跟在船边。有人想用桨敲它的鼻子,桨没打中,鲨鱼游走了。

26

一只叫作比尔的信天翁

海鸥和燕鸥在头顶上盘旋,但它们飞得不够矮,抓不着。一只巨大的信天翁高高地悬在远处的天空中。

"我敢打赌,那是比尔,"布鲁谢尔说,"从夏威夷起它就一直跟着我们这艘船。船沉没的时候,你们还以为它会离开我们呢,可它一直跟我们在一起,好让我们这些家伙得到一点儿安慰。好比尔,老伙计!"

这只海鸟之中最大的鸟在水手们的头顶上翱翔,就像是对他们的祝福。捕鲸者们一向喜爱信天翁或"戈尼",他们爱管它叫"戈尼"。

他们对信天翁非常迷信。他们认为戈尼鸟就是死去的水手们的灵魂,这些水手太爱船了,死后仍然要日复一日地追随海船去漂洋过海。不管是南极的严寒还是赤道的酷暑都挡不住它们——事实上,夏威夷西部的岛屿上就栖息着三种信天翁。

为了与朝气蓬勃的水手们亲近,它们会在帆桁上停歇,甚至会在甲板上落脚。它们不怕水手,它们知道水手们不会伤害它们——他们不敢,因为这些信天翁原先可能是他们的亲密伙伴。他们相信杀害信天翁会招致厄运,就像科尔里奇的书中所描写的那些古代水手那样。

那只被水手们叫作比尔的信天翁已经跟人混熟了。它常跟在

26 一只叫作比尔的信天翁

船后扑下去叼水面上的残羹剩饭,常赖在厨房门旁,等着厨子给它扔碎肉。

活儿忙的时候,它在船上碍手碍脚,因为它那两只翅膀完全张开时宽达 3.65 米。但它每次在船上落脚都不会待得太久,因为信天翁在行驶着的船上会晕船,戈尼鸟晕船的样子很滑稽,也很惹人怜爱。

"等它发现我们没有东西可喂它时,就不会再待在那儿了。"德金斯说。

比尔慢悠悠地盘旋着,飞到捕鲸艇的正上方时,它停下来,完全借助上升的气流悬在空中,它飞得很低,几乎一伸手就摸得着它。它就那样待着,不拍翅膀,看上去像静止了似的。它投下的宽阔的影子遮住了火辣辣的太阳,给了水手们片刻阴凉。水手们抬起头望着那只友好的鸟儿张嘴笑了。信天翁张开它那钩状长嘴,"呱噢,呱噢!"地叫起来,那嘶哑的叫声像驴叫一样难听,可布鲁谢尔却说:

"真好听,不是吗?"

"就像音乐一样。"吉格斯说。

"它就像天使,在保佑我们,"另一个人插嘴说,"对吗?"

"你们这些多愁善感的傻瓜!"格林德尔船长吼道,"用桨狠狠敲它。把它拽下来。够我们美美地吃一顿了——戈尼鸟肉的筋是多一点儿,那总比没东西吃强啊。"

一些水手高声反对,另一些人却犹豫不定。他们的辘辘饥肠战胜了他们对这种鸟的敬畏之情,就算它真的是一位死难水手的灵魂又怎么样呢!

"我们要是不赶紧弄点儿什么吃吃，我们自己也会很快变成鬼魂的。"

"要是它能给我们带个信儿——"罗杰说。

格林德尔恶狠狠地瞪着他："胡扯些什么？我们那个年代，大人商量事情的时候，小孩子是不会开口的。"

"等一下，"斯科特说，"这孩子说的可能有些道理。在我那个博物馆的档案里，就有好几份材料记载着这一类事情——我是说，让鸟儿送信儿。送信儿的鸟通常是信天翁或军舰鸟——因为它们爱船——而且体形大，容易引起人们的注意。我们没有东西喂它，因此，比尔很快就会离开我们。它很可能会飞去寻找另一艘离我们最近的船。"

"可是，谁会注意一只鸟呢？"格林德尔不以为然。

"我们就注意到这一只鸟了，不是吗？"斯科特说，"记住，它已经跟人混熟了。它很可能会在船的桅杆、帆桁或栏杆上落脚，乞讨一点儿施舍的食物。它个子这么大，又这么漂亮友好——水手们一准儿会注意它的。"

"那么，它怎么样替我们把话传给他们呢？它又不会讲话。"

"嘿——噢！嘿——噢！"信天翁叫道，这叫声听起来很像一头生气的驴子。"哼，当真不会讲话？"它仿佛在说，"让我试试看再说吧。"

"我们并不需要它说话。我们可以把信系在它的腿上。"

"谁会注意鸟腿上的那么一丁点儿纸片？"格林德尔嘲笑道。

"我们往它腿上系一根丝带。"

格林德尔放声大笑。"你说说看，你上哪儿去找丝带？你当

26 一只叫作比尔的信天翁

我们这儿是什么地方——女子学校吗?"

斯科特低头看着自己的衬衫,那是一件运动衣,而且刚巧是红色的。"伙计们,你们只管去抓那只鸟,"他说,"丝带我这儿有。"

"我觉得,我们还是该把它吃了。"格林德尔表示反对,但是,人们已经在手忙脚乱地去抓那只大鸟垂下来的那两条腿,谁也没留神他在说些什么。那只戈尼鸟就是不让人们抓着。一个水手爬到另一个水手的肩膀上,那只鸟就往上升那么六七厘米,但仍然稳稳当当地待在老地方。

在这种时候,哈尔活捉野生动物的经验就使他显得比别人高明。他用绳子结了个绳环,打了个活套,然后朝上一抛,套住了信天翁的右腿。戈尼鸟被拽了下来。它拼命地叫,活像十几头驴子在齐声嘶鸣。它用有力的钩形嘴啄人,宽阔的双翼使劲儿扑打,水手们的脑袋、肩膀被它抽打得青一块紫一块,就像挨骡子连踢带蹬了一顿。那么多双粗壮的手臂忙乱了好一阵子,总算把它给牢牢地抓住了,直到这时,这只海鸟当中最勇猛的鸟还在大叫不止呢。

他们逮鸟的时候,斯科特在二副的帮助下,好不容易写成了一张条子。他把条子念给水手们听:

沉船"杀人鲸号"的全体船员正在两条小船上漂泊。方向大约在西经150°5′、南纬3°,航向南。食物及水皆无,情况紧急。

条子用一块帆布包着，帆布是从一位水手的大衣上割下来的。有人从散开的缆绳尾上扯下一根细绳，把包好的纸条系在鸟的右腿上。斯科特把束在便裤里的衬衫扯出来，从衣脚上撕下一条宽约5厘米的长布条儿，布条儿的一端牢牢地系在鸟腿上。

"好啦，放它飞吧。"

27

飞来的信使

戈尼鸟被放开后,生气地"呱噢"一声,直冲云霄飞走了。红丝带在它身后飞扬。即使远在四五百米以外,也能清楚地看见斯科特那红得像火焰似的衬衣下摆。

戈尼鸟一直朝着正西方向飞去。看样子,能摆脱那帮折磨它的人,它感到很高兴。

没有什么别的事情更能使那帮"虐待狂"高兴的了。

"它讨厌我们,"布鲁谢尔说,"要往别的船上飞呢。"船上每一位饥饿干渴的人的心中都重新燃起了勇气和希望的火花。

但一个钟头后,那只鸟又飞回来了。显然,它已经原谅了那些折磨它的人。它又在小船上头盘旋,尽管它小心翼翼,飞得比上次高。它那红色的旗帜在微风中勇敢地飘扬。

水手们想把它嘘走。"走开——别来捣乱!"他们做出捡石块要砸它的样子,不幸的是,他们既没有石块也没有别的东西可扔。戈尼鸟把珠子似的亮晶晶的眼睛瞪得大大的,看有没有从船上扔出来的残羹剩饭。下午逐渐消逝,黄昏来临了。苍茫暮色越来越深,越来越暗。夜幕降下来了,但那只鸟却还在头顶上滑翔。

落难的船员们再次把身体蜷作一团,横七竖八地你压着我、我压着你地躺在船底。难忍的饥饿和干渴不断袭来,困扰着他们，使他们难以入睡。

拂晓，第一个睁开眼睛的人欢呼着把其他人叫醒：

"比尔飞走了！"

他们察看着天空，那只流浪的巨鸟已经不见踪影，人们又重新充满希望。

"我们见过的那艘加工船离我们不会超过四五百千米远，"吉姆逊说，"它大约有20条捕船，因此，我们有13次被救的机会。"

"除非你们的那只蠢鸟找得到那些船，"格林德尔插嘴道，"戈尼鸟身上没装雷达，这你们知道。"

"鸟儿身上有些东西跟雷达很相似。"斯科特说。

格林德尔改变策略。他打定主意要让船员们反对德金斯。只要能使二副大出洋相，他就有可能夺回他的指挥权。

"要是我的话，"他说，"我就直朝圣诞岛划去。那岛在正西方，比你们的什么弗伦奇岛近多了。"

德金斯没搭理他，布鲁谢尔却开口了。他厉声说：

"闭上你那臭嘴，船长。从眼下的风向看，到圣诞节我们也到不了圣诞岛。"

"朝南划最保险，最可靠。"吉姆逊说。

"最保险、最可靠的是比尔。"斯科特快活地说。

但是，空气清新的早晨逐渐被酷热难当的中午所取代，这两种可靠保险的办法也就随之变得不那么可靠保险了。水手们用充血的眼睛看着德金斯，烈日和咸水使他们的眼睛红肿发炎。二副干得对头吗？塔希提岛和死亡，这两种命运哪一种会首先降临？

27 飞来的信使

他们把生的希望寄托在一只鸟儿身上是不是太愚蠢了？

他们往衣裳上浇海水，这样可以凉快一时，但并非长久之计。海水经暴晒汽化，那样，人反而会更热。

饥饿的折磨使人痛苦不堪。这种时候，人们开始觉得，一条皮带或者一只皮靴看上去都像可口的食物。一位水手试图啃一只皮水桶。

一条小鲨鱼游过来了。吉格斯赤脚坐在船边把脚吊在水里想引鲨鱼过去。这种试验很危险，但只要能够得到一点儿吃的就值得一试。

鲨鱼凑上前去端详着那只垂在水里的像鱼一样的东西。接着，它朝那玩意儿猛扑过去。

吉格斯一边举起桨砸它的头，一边迅速地把脚抽回来。

总算他运气好，鲨鱼只咬着了他的大脚趾，没把整只脚咬掉。鲨鱼津津有味地嚼着那一小口精美的点心游开了，吉格斯和他的伙伴们却仍然饥肠辘辘。

快要渴死的人的行为不同于常人。吉格斯被咬掉脚趾的地方竟没有痛的感觉——他只注意到血淌出来了。他用手掌把血接住捧起来喝。斯科特从衬衫的衣角上撕下一块把他的伤脚包扎起来。

过了一个寒冷潮湿的夜晚，接着，又是一个能把人身上晒起燎泡的火辣辣的白天。饥饿感减轻了，但干渴却更厉害。胃已经放弃了对食物的需求，而对水的迫切渴求却成了一种剧烈的痛苦。

干渴使嘴唇焦裂，舌头肿胀，每个人说起话来嘴里都像含着一个很大的烤土豆。有人开始喝海水了。

"最好还是别喝,"二副说,"除非你们不怕精神错乱。"

第二天拂晓,当二副发现在遥远的海面上有一艘船的时候,他当真以为自己精神错乱了。

他捅了捅哈尔·亨特。

"我看见一样东西,你看见了吗?就在那边,很远。"

哈尔揉揉红肿的双眼。"是一条船,没错儿。我猜,是一条捕船。"

几个水手用微弱的声音欢呼起来,其他水手却衰弱得连头也抬不起来了。

"我敢打赌,它是在找我们。"二副说。

格林德尔盯着那条船。"它可能是在找我们,但却不可能找到我们。我们看得见它是因为它很大,可它看不见我们,距离太远了。"

"它正朝我们驶过来呢。用不了多久,它一定能看见我们。"

但是,就在他们翘首盼望的时候,那条船却改变了航向。它缓缓拐向北方,然后,朝西北方向驶去。半小时以后,捕船就不见踪影了。

"我说什么来着?"格林德尔说。

船上的人昏过去了,他们横七竖八地躺在船底。头天晚上,他们也是这样躺了一整夜。连二副都打算放弃了,他合上双眼昏昏沉沉地睡着了。

哈尔不知道这样睡了多长时间,突然,他听到一阵嗖嗖声。他迷迷糊糊地往上看,就这么一眼,他就大喊起来——用一个嘴

27 飞来的信使

巴被肿胀的舌头堵着的人所能喊出的声音大声喊。

"看呀!"

一架小型直升机在捕鲸艇正上方盘旋。下降到离船约6~9米时,它的飞行员朝下望,看到他的笑脸是多么令人愉快啊!

"怎么样了?"他喊。

二副挣扎着要回答,但嗓子却不听使唤。

"你们让鸟儿送的信收到了,"飞行员喊道,"找你们两天了。我来呼叫捕船。"

他们听得见他打无线电话。随后,他又往下看。

"捕船7号就在那边的海岸附近。也许,你们刚才还见过它。半小时之后它就到了。"他友好地挥挥手,笑着上升到一个安全的高度等着。

船上的人霎时间变了模样。几分钟前,他们还痛苦不堪地躺在船底等死,现在,他们仿佛刚喝足了清洌甘美的泉水。

他们使劲儿睁大眼睛想看一眼那条船。它终于来了。一个小白点以15节的速度飞驰而来,白点在迅速变大。

哈尔估计这是一艘约400吨的船——比三桅船"杀人鲸号"稍大一点儿。它有一个大大的单烟囱。船上竖着两根桅杆,不过,桅杆上没挂帆。无线电天线竖在桅杆之间。前桅顶上有一座桅上瞭望台,瞭望员站在里面。

此刻,他们已经能清楚地看到漆在船头上的船名——"捕船7号"。船名上面,船头的正中是一个平台,上头安放着一样大炮模样的东西。哈尔知道,这肯定是一门捕鲸炮。

想想吧,总共12艘这样的捕船,每艘都比格林德尔的"杀人鲸号"大。所有捕船的桅杆顶上都有瞭望哨在搜索鲸。整整12双眼睛还不够,那些小昆虫似的直升机也在大海的上空来回穿梭搜寻鲸。它们搜索的范围比捕船宽阔得多,速度也快得多。飞行员一发现鲸,就用无线电话通知离他最近的一艘船。

然而,所有这些捕船和直升机比起那艘加工船——那只巨型母鸡来,都只不过是小鸡雏。捕船每捕杀一条鲸,就把它拖到加工船那儿,加工船把鲸拖上船去切碎。这座现代化的水上工厂一天能加工老式捕鲸船一个月所加工的鲸。

落难的水手们被救上捕船,喝了一点儿水,吃了很少的一点儿食物(如果一开头就暴饮暴食,他们的健康会遭到严重损害)。然后,他们被安置在甲板下面水手们的床铺上,舒舒服服地睡了一整天。

晚饭时,他们稍微多吃了一点儿东西,多喝了一点儿水,接着,又倒头大睡。捕船上那些助人为乐的船员把自己的床铺让给了他们,自己却尽可能地在餐厅的长椅上躺下来过夜。

第二天早上,他们又再多吃喝了一点儿东西,然后又睡。睡呀,睡呀!好像他们永远也睡不够似的。

28

轻松的捕鲸法

年纪最轻的人最早恢复过来。快到中午时,罗杰醒来发现自己的舌头不再像个大土豆,头脑里的那种混混沌沌、呆笨迟钝的感觉也消失了,他觉得自己很想起床。

过了一会儿,他听到上面的甲板上传来奔跑声,很多人在大喊大叫,接着,传来隆隆的炮声。在好奇心驱使下,他溜下床,套上衣服到甲板上去。他的两条腿在身子下面直打趔趄,但他终于摇摇晃晃地迈开了步子。

几个水手正在炮台上忙碌,一位水手看见了罗杰。

"过来吧,小伙子。"他招呼道。

罗杰踏着台阶登上了炮台。炮手们热情地跟他打招呼。

"嗨,这小家伙准是第一个爬起来的,我敢打赌。好极啦,小伙子!"

罗杰说:"我想,我听到了炮声。"

"你是听到了,可惜,我们没打中。好大一条抹香鲸呢。现在它潜下去了。不过,几分钟之后,它很可能会再浮上来。"

罗杰兴致勃勃地仔细察看了那门炮。它的模样与普通大炮完全一样,只是炮口射出的是鱼叉。

"知道它的原理吗?"炮手问。

"嗯,我听说过,"罗杰说,"鱼叉上装有炮弹。鱼叉一射进鲸体内，炮弹就会爆炸——鲸就死了。"

"你说对了90%，"炮手笑着说，"我是说，大约90%的捕鲸船还在使用带炮弹的鱼叉。但我们不用。我们这玩意儿是最新式的——电鱼叉。"

"它好在哪儿？"

"有好几个方面。首先，如果用炮弹，最大的问题是炮弹爆炸时会把钢弹片射进鲸肉里。加工鲸时，这些碎钢片会损坏锯子。另一方面，用炮弹炸死鲸使它很痛苦。炮弹不可能一下子就把鲸炸死，它在死前将受尽可怕的折磨。如果没有必要，为什么要让它受这种折磨呢？还有一个问题，剧痛会使鲸肉感染中毒。大夫们认为这跟人类的情况一样：当你极端忧虑痛苦、备受折磨时，你的肌体也会感染中毒。鲸肉中了毒就没用了。但是，用电鱼叉情况就大不一样。电鱼叉能产生220伏的电压、100安培的电流。不等鲸中毒，电鱼叉就已经致它死命。只要10秒钟，它就不能动弹了。毫无痛苦，就像坐电椅一样。"

罗杰笑了。这位炮手把坐电椅说得几乎令人向往。嗯，也许这确实比受尽痛苦折磨才死去要好得多。

"既然电鱼叉这么好，"他问，"为什么大家不都用它呢？"

"因为这是新玩意儿，有些人怕它不顶用。最先进的几个公司已经在用它了——他们都及时地做出了明智的选择。它到底干得怎么样，你可以亲眼看看。"

"鲸冒头！"桅杆顶上传来一声呼喊，"迎风方向5度。"

鲸在离船800多米的地方浮出水面。捕船上那台2000马力的内燃机发动起来了。捕鲸船朝自己的猎物直冲过去。鲸以其最高

28 轻松的捕鲸法

的速度游走，但捕船却迅速追上了它。

罗杰想，要是在捕鲸艇上，你就得拼命划桨，腰都几乎要累断。相比之下，这种捕鲸法太轻松、太安全快捷了！巨鲸能粉碎一条捕鲸艇，能毁灭整条船上的人。但它对这艘400吨钢壳捕鲸船甲板上的人却不会造成很大的威胁。现代化捕鲸的效率的确更高，不过，它却使捕鲸失掉了许多冒险性。

捕船轻快地滑到飞速前进的鲸旁。炮手把炮位转动到合适的位置。

"想开一炮吗？"他问罗杰，"喏，我一说'开火'，你就扣动扳机。"

他细心地把炮瞄准后说："开火！"

罗杰扣动扳机，鱼叉飞了出去。鱼叉后拖着一根绳子，绳子上缠着一根绝缘电线，电线上带着足以致鲸死命的电流。鱼叉深深地扎进鲸头的正后方。

鲸身子一翻，死了，既听不到一声呻吟，也看不见一丝战栗。

人们把一根绳子放下去系在鲸的尾鳍上。捕船拖着重达70吨的巨鲸在海上乘风破浪，船速几乎丝毫不减。

29

奇妙的加工船

傍晚时分,加工船徐徐驶入视线。在罗杰眼中,它大得像一艘航空母舰。

"真是庞然大物啊!"他说。

"3万吨。"曾对他表示友好的那位炮手说。

罗杰想起那艘300吨的"杀人鲸号"。在20世纪的捕鲸家们眼中,"杀人鲸号"已经算是一艘很大的船了,可眼前这艘船的吨位却相当于它的整整100倍。

不过,它可没有"杀人鲸号"那么漂亮。加工船上没有那20面迎风招展的白帆,只有两个积满污垢的烟囱。奇怪的是,这两个烟囱不像普通轮船的烟囱那样一前一后,而是并排竖着。

最奇怪的是,这艘船看上去似乎掉了尾巴。船艉被砍了一截,变成方形。在本该有船艉的地方,只有一个巨大的洞,洞口大开,宽阔得可以容两列火车并排通过。

"他们就从这个洞把鲸拖进加工船,"炮手说,"等会儿他们把你的那条鲸弄上船来,你就能看见这艘船怎样工作了。"

炮手说"你的鲸",罗杰听了不禁心头一热。当然,他只不过按了一下扳机——但一想到他打中的是地球上体形最大的动物之中的一种,他就忍不住激动。他的感情是复杂的,兴奋中交织着遗憾。如此硕大奇妙的海洋巨鲸竟也免不了被人捕杀,这不能

29 奇妙的加工船

不令人感到遗憾。

加工船这名字叫得真好,听到这名字就会想起一座工厂。在"杀人鲸号"船上,除了人说话的声音外,便没有其他声音。在这儿,机器的轰鸣却把人声淹没了。

许许多多的马达在隆隆作响,链条在丁零当啷,齿轮嘎吱嘎吱地碾磨着,铁吊臂正铿锵有声地干着曾经由人干的活儿。然而,机器仍然要人——有技术的人来操作。罗杰从炮手那儿得知,加工船上共有300名船员。

这会儿,他们离前甲板不远,看得见停歇在甲板上的6架瓢虫似的直升机。

"别的直升机都在外面搜寻鲸,"炮手说,"我们总共有12架直升机。"

加工船头上面漆着的船名是"南方女皇"。

"为什么是'南方'?"罗杰问,"这儿是热带地区呀。"

"对,但我们工作的地区主要在南极。你知道,捕鲸业有国际法管着。在这儿我们只能捕猎抹香鲸。在南方,在捕猎期内,我们可以捕猎蓝鲲鲸和长须鲸,还有座头鲸以及我们想捕猎的种种鲸。现在,我们正在往南极去的路上。到了那边,我们就要认真忙起来了。我们将没日没夜地干。光我们这一艘加工船每年就能加工1500条鲸。我们这艘船仅仅是无数加工船当中的一艘。鲸一年的总捕捞量是3万多条。有人以为捕鲸是过去的营生,其实恰恰相反,今日捕鲸业的规模比过去任何时候都大。"

"那是什么飞机?"罗杰指着飘在加工船上方那团云雾中的一个模模糊糊的东西问。

"怎么啦,那是你们的信天翁呀。它已经跟定我们了。它爱吃我们扔下海去的鲸油渣。信天翁常在船的周围盘旋,我们都已司空见惯,要不是看见系在它腿上的那块红布,我们也不会留意它。我们抓住它,发现了你们的条子。"

"比尔,好伙计!"罗杰热切地说。

7号捕船紧靠在"南方女皇"旁边。23位落难船员都已上了加工船。有些人还能自己走,另一些却不得不由人抬上去。他们全都被安顿在巨船深处的舒适的床铺上。随船医生给予他们精心的护理,并随时满足他们的需要。

罗杰回水手舱只躺了一会儿,他抑制不住满心的好奇,一转眼就又爬上了甲板。他看见哈尔和斯科特先生,他们正在甲板上与"南方女皇号"的拉姆齐船长交谈。

他们正在观看下面的割脂台。船员们正通过船舷的那个巨洞把一条鲸拖上船。绞车嘎吱嘎吱地把一根钢缆绞起来,钢缆系着一种模样像巨钳的东西,巨钳夹住巨鲸的尾巴。

我的鲸!罗杰心里这么想着,却没说出口来。

"那是我们那艘捕船拖回来的。"他的大哥哥告诉他说。

"你说的当真?"罗杰装出一副惊讶的神情说,"快给我讲讲是怎么回事儿。"

看见弟弟这么急于知道,哈尔很高兴。"好吧,你瞧,捕船的船头上有个平台,平台上有门炮。"

"啊,我看见了。"罗杰说着故意把眼瞪得溜圆。

"炮里装的不是炮弹而是鱼叉。它把鱼叉射进鲸体内,鱼叉上装有弹药——一爆炸鲸就炸死了。"

29 奇妙的加工船

"哎呀,有这种事吗?我还从来没听说过呢!"罗杰说,"天知道,一个有大哥哥教导的小孩子,每天该能学到多少新东西啊。"

哈尔满腹狐疑地盯着他。正在这时,7号捕船上的炮手上来了。

"嗨,这不是我的小朋友吗?"他说,"你的鲸就在那儿,孩子。"

哈尔莫名其妙,"你这是什么意思——那怎么会是他的鲸呢?"

"还不明白吗?我的意思当然是那条鲸是他射中的。"

哈尔目瞪口呆,"你这个小坏蛋!我睡着的时候你都干了些什么?"

"噢,"罗杰说,"我刚刚懂得了,不能人家说什么就信什么。比如说,关于炮弹和鱼叉吧。那玩意儿早过时了。这些捕船上用的是电鱼叉。所以嘛——你要是整天猫在甲板底下睡大觉,就别指望了解新鲜事物了。"

哈尔扑过去抓他那淘气的弟弟,一心想打他的屁股。但他浑身虚弱无力,连腿也挪不动,弟弟没费什么力气就躲开了。炮手和拉姆齐船长哈哈大笑。

"是呀,"船长说,"现如今一切事物都变得很快。你要想看看快到什么程度,就瞧瞧他们怎样完成这条鲸的加工吧。"

人们正在给罗杰的鲸剥鲸脂,就像剥香蕉似的。由机器控制的鲸脂钩扎进鱼皮钩牢,然后,把大条大条的鲸脂撕下来。刀子把鲸脂条切成大约1.2米见方的肉块。钩子钩住肉块,把它们拖进甲板上的一些洞里，那些洞的模样很像特大号的下水道井口，鲸脂从洞口落到甲板下面的炼油锅里。

忽听得一声呐喊，绞车吱吱尖叫着，跟火车车厢一般大的鲸被翻了个个儿，就像翻煎饼一样轻巧。于是，鲸另一边身体的鲸脂也像那一边的鲸脂一样被剥了下来。

又一阵机器轰鸣，剥过脂的鲸就蹦蹦跳跳地穿过一条隧道被送到前甲板——船长说，船员们管这条隧道叫地狱之门，因为隧道里老是烟雾滚滚，震耳欲聋。

前甲板上的机器多，前甲板上的洞也更多，鲸肉通过这些洞落到下面。

5分钟之后，那么一条巨鲸就剥剩下一副骨架子了。

骨架子也不会浪费。巨型电锯会把巨大的骨架锯开。锯好了的一块块骨头扔进熬骨锅里熬油。每把电锯都足有4.6米长。熬过油的骨头就用来磨成骨粉。

从罗杰的鲸被拖上船起到把它完全加工完毕，只花了半小时。

"24小时内，我们能加工48条鲸，"船长说，"每条30分钟。这艘船上的机器共重1万吨。大多数机器你们都看不见——全在底下呢。在割鲸脂台下头还有两层，里头全是加工车间和实验室。船上还有一个海水淡化车间。炼油锅要用大量的水，而且必须是淡水。我们把咸水抽上来，以每天2000吨的速度把它转化成淡水。想到驾驶台上去看看吗？"

他们登上驾驶台，那上面的奇妙东西就更多了。一台自动导向仪使加工船始终保持正确航向。一面雷达荧光屏把60千米范

29 奇妙的加工船

围之内的一切都显示出来。一台回音测深仪显示着船下的水深。一部内线电话使驾驶台能与船上任何地方的任何人通话。无线电话可与外界作长途通话,船长可以利用它与任何一艘捕船的船长或直升机的驾驶员聊天儿。不仅如此——要想与住在地球另一面的伦敦的船主通话也一样方便。

驾驶台甚至能接收来自鲸的信号。有时候,捕船捕杀鲸以后并不立刻把它拖上加工船,水手们把一部小型无线电发报机射到鲸皮下,让鱼漂在海面上。发报机不断地发射信号,加工船驾驶台上的一台仪器会接收这些信号。这么一来,加工船就能随时知道漂在海面上的鲸的确切位置,以便在适当的时候把它弄上船来加工。

两个孩子正埋头研究这些奇妙的器械,另一名参观者突然出现在驾驶台上。那是格林德尔船长。

"我要见船长。"他怒气冲冲地说。

"你正在跟他说话呢。"拉姆齐船长说。

"阁下,我是格林德尔船长,三桅帆船'杀人鲸号'上的最高长官。我是来要求起诉的。你要是不马上答应我的要求,我就到警察局去告你。"

拉姆齐船长惊讶地看着这个怒发冲冠的格林德尔船长。他的捕船救了这个人和他手下那班奄奄一息的船员。他还以为格林德尔是上来向他表示感谢的呢。然而,他不但没有表示感谢,反而对他大加责难甚至进行威胁。无论他有什么理由,他的举止都是粗鲁无礼的。不过,拉姆齐船长没有以牙还牙,他的回答是平静而彬彬有礼的。

"格林德尔船长,您的遭遇非常不幸。能给你们提供帮助,我们感到十分荣幸。还需要我们帮你什么忙,只管告诉我们。"

"我马上就会让你知道,"格林德尔粗声粗气地说,"你要是不按我的话去做,我就让你吃不了兜着走。"

"好了,好了,我的船长,"拉姆齐和颜悦色地说,"我知道你受的罪太多了,你的神经紧张不安。你先放松一下,再告诉我要我帮你什么忙,好不好?"

"放松一下,这家伙说得倒轻巧!放松!"格林德尔吼道,"这事情不处理好,我是不会放松的。我的船沉没了,我们得上救生艇,这你很清楚。但我敢打赌,那帮卑鄙小人并没有把事情全都告诉你。他们不会告诉你他们暴动了。他们不会告诉你,他们把我,他们的船长,关进了禁闭室。他们不会告诉你,是他们的疏忽大意导致船的沉没。他们不会告诉你,就在此刻,你救上船的是一伙叛匪。"

"嗯,事实上,"拉姆齐船长说,"你的二副已经把事情的前因后果全都告诉我了——当然,那只是他的一面之词。"

"那么,你干吗还要为他们提供柔软舒适的床铺,还要好饭好菜地款待他们?你干吗不把他们关起来?为什么还让你的医生小题大做地为他们瞎忙乎,好像他们是一群天真无邪的婴孩儿而不是一伙穷凶极恶的暴徒?"

"第一,"拉姆齐船长说,"我们没有禁闭室,我们不需要禁闭室。第二,暴动发生在你的船上,那是你的责任,不是我的。当然,我愿意给你一切合情合理的帮助。依我看,你该干的第一件事是通知船主。船主是谁?"

29 奇妙的加工船

"圣赫勒拿的凯恩捕鲸公司。我要给凯恩先生发电报——非狠狠告他们一状不可!"

"你不但可以给他发电报,还有更快捷的办法,"拉姆齐船长建议说,"你可以跟他通话。"

"通话!圣赫勒拿跟这儿隔着半个地球,你懂吗?"

"这我当然知道,"拉姆齐拿起电话对他的总机说,"呼叫圣赫勒拿的无线电台,请他们接凯恩捕鲸公司凯恩先生。这儿太阳已经落山——那边正是凌晨。必要的话,把他从床上叫起来,事情很紧急。"

在短得令人难以置信的时间内,格林德尔已经在与凯恩先生通话了。诚如他自己说过的,他狠狠地告了他手下的水手们一状。他说的话有一些是真的,但大部分是假的。

他谈到了暴乱,但对导致暴乱的那些事件却只字不提——比如他的种种暴行,他鞭笞水手,他对罗杰这样一个孩子非常苛刻,他用缆绳把老帆工拖在船后以致他葬身鲨鱼腹中。

哈尔在一旁听着,船长提到他的名字时说的话使他大吃一惊。他被说成是煽动暴乱的首犯。是他,格林德尔说,煽动水手们起来暴动,应该第一个被处以绞刑。哈尔曾当面说他没有能力指挥管理一艘船;在角斗中,哈尔又打败了他;最糟糕的是,是哈尔把他从即将沉没的船上救了出来。格林德尔这种小人根本不知感激为何物,救他的命的竟是他的敌人,他对此耿耿于怀,他当然饶不了哈尔。

报告完后,他开始听凯恩先生做指示,他忽而点头,忽而嘟嘟哝哝,接着,又再次点头,脸上露出阴险的狞笑。放下电话时,他露出心满意足的神情。

"现在我命令,"他说,"逮捕所有叛匪。对亨特要采取特别措施——单独监禁。只要可能,我就把他们通通押回檀香山,当着英国领事的面进行听证审讯。"他龇牙咧嘴笑得很开心,他的胡须竖起来,活像一脸黑针,他接着说道:"实际上,他们已经等于被判绞刑了。"

"说到逮捕,"拉姆齐船长说,"我帮不了你的忙。我只能向你保证他们不会逃离这艘船。至于运输工具,我可以提供。等你手下的人一康复,能够起程,我就把你们全都安置在我的一艘捕船上,送往檀香山。那地方不算远——船速15节,用不了两天就到了。你可以用无线电话通知檀香山警察当局,让他们到码头上去接船,然后,把你的那些叛匪监禁起来,直到举行听证会为止。我已经尽力给予你我所能够给予的合作,我希望你理解这一点。"

格林德尔只是一个劲儿嘟哝。他用傲慢的目光扫视着拉姆齐船长和他的客人。当他跺着脚离开驾驶台时,人们还听到他在咕咕哝哝:

"就等于已经判了绞刑一样!"

30

非洲在召唤

两天以后,捕船停泊在檀香山码头,码头上早已停着一辆警车。

暴动者们被押上警车,一路颠簸前往檀香山监狱。他们不知道在监狱里等待着他们的是什么。

只有两个人没有被关进铁窗之内——其中一人与此事有极大牵连,另一人则瓜葛最少——格林德尔船长和他船上的乘客斯科特先生。斯科特利用他的自由去见英国领事,向他如实讲述了"杀人鲸号"上所发生的一切。

他还给纽约长岛野生动物基地的约翰·亨特拍了份电报:

您的孩子现关押在檀香山监狱。

约翰·亨特一刻也没耽搁,马上飞往檀香山。

在听证会上,格林德尔以一面之词讲述了事情的经过,水手们则从他们的立场出发讲述了一切。听证会的结果使格林德尔船长大失所望。在给凯恩先生的报告中,领事建议对暴动者们实行宽大。船主回电说他愿意不对他们提出起诉。

他们被释放了。

至于格林德尔,他原指望看见他手下的船员统统被绞死,他本人却差点落到被绞死的下场。他的所有暴行都已公之于众,从檀香山到圣赫勒拿,新闻界及一切公众舆论都谴责他。他再也不能当船长了。

著名探险家、动物博物学家约翰·亨特和他的两个儿子以及斯科特先生一起坐在美丽的夏威夷花园里。

远处,半月形的怀基基海滩在闪闪发光。他们坐在花园里,眺望在波光粼粼的海湾上穿梭的冲浪运动员、独木舟和长木筏。海湾后面,高耸的代尔蒙德峭崖冷峻狰狞。

悠闲的过路人好奇地打量着这4个人。住在大酒店里的客人大都来自大陆那些终日不见阳光的写字楼,他们是到夏威夷来度两星期假的。他们脸色苍白,仿佛一生都住在不见天日的岩洞里。但是,这4个人却皮肤黝黑,容光焕发,活像成熟的椰子。

过路人当中也许有人会认得出两个孩子,因为所有暴动者的照片都登载在报纸上。

哈尔对爸爸说:"希望你不介意让人家看见你跟两个囚犯坐在一起。"

约翰·亨特笑了。

"不,一点儿也不。正相反,跟你们坐在一起,我感到自豪。"

"你完全有理由感到自豪,"斯科特热情地说,"你的孩子经受了严峻的考验。想想罗杰被派到鲸背上驱赶鲨鱼的那一夜吧——还有,他设法把小舢板底的塞子拔掉,制止了格林德尔逃跑——还有,哈尔机智地让格林德尔洗了个鲸脂澡,后来又救了他,使他免于与沉船一道葬身海底——依我看,这两个孩子可大大地为你争了光呀。"

"不管怎么说，"亨特先生说，"你们这3个星期的经历确实不寻常。你们历尽艰险，也积累了许多经验。这经历也许是苦了点儿，但对你们来说，却是很好的一课。现在，这种教育你们已经接受得差不多了，也许，你们想回家歇歇了吧。"

两个孩子对这一建议的反应并不热烈。事实上，他们显得闷闷不乐，仿佛家里在办丧事似的。

"谁想歇歇呀？"罗杰说，"等我们长到像你这么大的时候，有的是时间休息。"

约翰·亨特放声大笑："恐怕到了那个时候，你们还是不肯休息啊。不，亨特家的人不习惯游手好闲。好吧，要是你们不想休息，我还有一个建议。"

孩子们立即振作起来，眼睛又重新露出兴奋的光芒。

"不管什么建议，我们都接受。"哈尔说。

"好啦，先别急急忙忙把话说死。你们不一定喜欢我的建议。非洲跟太平洋可大不一样啊。"

"非洲！"罗杰激动地叫起来，他那双闪闪发光的眼睛瞪得又大又圆。

"是的，非洲。疟蚊、采采蝇、鳄鱼、吃人的狮子、豹以及一切令人不愉快的东西都在那片土地上肆虐。"他本想吓唬两个孩子，但他看得出来，他并没有成功。

"说呀，"哈尔说，"你想让我们在非洲干什么？"

"呃，我们接到的订购非洲动物的订单太多，存货不够供应了。有些动物园要订购河马、犀牛，还有长颈鹿。一个大型马戏团需要大象和狮子。当然，这些动物都要活捉——这比捕杀难得多。我打算跟你们一起去,帮你们开个头。我们可以从这儿出发,经中国香港和加尔各答飞往内罗毕。我们要雇一位优秀的向导,他将在我们的非洲狩猎之行中给我们引路。先考虑一下,明天早晨再决定。"

孩子们不需要考虑——他们已经决定了。整个晚上,他们一门心思只想着非洲之行。在梦中,他们听到狮子的怒吼,见到暴跳如雷的河马和横冲直撞的大象。但是,对非洲丛林中最危险的妖魔——蚊子和苍蝇——他们却根本没考虑。

至于他们跟非洲的那些大大小小的动物相处得怎么样,我们将在另一本书里告诉大家。

出版说明

早在18世纪,海上有庞大的捕鲸船队,捕鲸船上会安装提炼炉,捕鲸者在海上直接把鲸脂提炼成油,并把鲸油贮存在桶里。由于鲸油是贵重的工业原料,欧洲和美洲一些国家的捕鲸活动曾一度长盛不衰。直到后来石油的发现才让捕鲸业在19世纪末日趋衰落。但在20世纪,由于人们发现了鲸产品的新用途,于是捕鲸业又稍有振兴,结果导致个别鲸的种群面临绝灭。于是,国际捕鲸委员会(IWC)裁定,自1986年开始暂停商业捕鲸,只允许极少数国家开展仅用于科学研究的捕鲸活动。

《恶战杀人鲸》里的捕鲸场面,仅是某个历史时期,人们在追求利益的情况下的目光短浅的盲目举动,不值得提倡。